山田社

單字隨手來
日語秀場

日本朋友驚呼

你也<u>太厲害了</u>吧！
N4單字趣學，讓你妙語如珠！

吉松由美、林勝田 ◎合著

單字 不請自來！
記住了 妙語

日語 學習隨時登場
趣味多 閃亮

輕鬆掌握日常，考場如魚得水！
學日語單字，像玩遊戲一樣有趣！
隨時隨地掌握，日檢無壓通過！

隨看隨聽

QR Code

日語秀場

◆ 日語秀場，單字隨手拈來！

◆ 日本朋友驚呼：「你也太厲害了吧！」

◆ 學日語挖寶找創意，讓你的生活閃閃發光！

◆ 這些日常必備單字，只要掌握了，保證讓你在每個場景中如魚得水，妙語連珠！

單字隨手拈來！

◆ 而且這些單字也是日檢 N4 單字，學會後不僅生活中運用自如，考試中也能輕鬆應對！

◆ 日語單字就要這樣學，誰掌握了，誰就能在生活中輕鬆閃亮，接下來，你會發現自己變得反應迅速，口齒伶俐，讓人驚嘆！

5 效合一的高效學習法

短時間內，過目不忘，讓單字像超級膠水一樣黏在你的記憶裡，揮之不去！

生活情境分類＋類對異詞，單字全面串聯

趣味圖像記憶＋單字填空，讓單字乖乖地進入你的大腦，怎麼都忘不了！

再加上實戰情境對話練習，讓你日常對話時話術全開，無往不利！

還能在也是日檢 N4 單字的基礎上，提升語言表達的自信和準確度！

想玩遊戲一樣有趣

讓你的日常生活變成「日語秀場」，單字隨手拈來！

要在生活中自由使用日語，讓自己隨時隨地都能妙語如珠、笑聲不斷，這裡有四個關鍵秘訣：

1 精通：
想在日常對話中舉重若輕，先把這本書的單字吃透，保證你每次對話都能如魚得水，幽默又機智。

2 分類：
將單字按不同生活情境分門別類，就像給記憶安裝了 GPS，想用哪個就能迅速找到，馬上對答如流！

3 劇場：
每個單字都是一個「小劇場」，想像自己在各種搞笑或感人的場景中對話，保證記憶深刻，一次記牢！

4 跟讀：
像影子一樣不斷跟讀句子，這不僅能讓你聽懂所有細節，還能讓你說得跟日本人一樣溜，保證讓朋友驚呼：「你也太厲害了吧！」

本書專為日常生活中的實用單字精心設計，讓你輕鬆掌握，隨時隨地都能派上用場。不論你是在公車上還是咖啡館裡，這本書都會是你最佳的學習夥伴，讓日語成為你生活的一部分，並且為你的生活增添不少樂趣和笑聲！

書籍特色

1. 分類學習，記憶爆棚：
單字依照生活情境進行分類，學習更高效，讓你每次出門都像帶著一整本日語詞典！

2. 類對異詞雙重記憶：
類似詞和對義詞的對比記憶，讓你更靈活運用單字，說話時選詞精準，句句帶勁！

3. 情境小劇場例句：
有些單字都有真實生活中的搞笑例句，讓你邊笑邊學，記憶效果加倍，隨時能拋出幽默對話。

4. 即時填空測驗：
每頁設計填空練習，學完即考，保證單字不再是腦海中的過客，而是你的終身朋友！

5. 趣味圖像記憶法：
可愛又搞怪的插圖，讓你記住單字的同時，還能會心一笑，學習過程充滿樂趣。

6. 生活情境對話練習：
實際對話練習，讓你在日常生活中不僅會說，還能說得妙語連珠，令人印象深刻！

　　這本書讓學日語變成一場充滿歡笑和靈感的旅程！從此以後，你的日語學習過程將充滿活力，讓單字在你的生活中「蹦蹦跳跳」，隨時隨地都能閃亮登場，成為真正的日語達人！無論是小聚會、大派對，還是街頭巷尾，你都能應對自如，成為大家眼中的語言高手！而這些單字也是日檢 N4 單字，學會後不僅能在生活中運用，更能輕鬆應對日檢考試！

生活及 N4 單字必勝法寶

　　本書真可謂是學者們夢寐以求的法寶啊！您可在這裡以最輕鬆有趣的方式，領略到最完整紮實的內容，不僅不費吹灰之力，且收穫頗豐。書末更是貼心附上 N4 單字的 50 音順索引，仿若一部袖珍字典，隨時隨地，查閱複習，便捷至極！不論您是要步步為營，日積月累，還是臨陣磨槍，迅速總複習，這套學習方案堪稱無可挑剔，為您的日檢之路保駕護航！

CONTENTS
目錄

內頁使用說明

必背單字！這樣背下來考試想丟分都難！日語單字就要這樣學，誰能理解，
誰就開竅，接下來就是，爽到手舞足蹈，放聲尖叫！

學日語
就是
要挖寶

單字中譯：
單字的詞性、中文定義，簡單清楚，方便記憶、讀熟。

雲端學習：
QR Code一掃就能收聽，無空間、時間限制學習，馬上聽、馬上通、馬上過！

情境活用：
作夢是圖像，記憶也是。主題分類，相關單字一網打盡，讓您加深印象、方便記憶，迅速KO必考單字。

循環記憶：
每個單字都有編號與六個打勾方格，有小方格可打勾，可以留下背過單字的紀錄，透過多次背誦、循環記憶，找到強項跟弱項，加強大腦對單字的印象，效果顯著。

類語比較：
兩個單字意思都一樣，知道怎麼區分？透過插圖比較，從中精準掌握意思，強化單字「核心肌群」，在考場上交出漂亮成績單！

答案：
填空裡的答案直接放在頁面下方，方便立驗成效。這樣不必翻來翻去眼花撩亂，閱讀動線清晰好對照。

---

5 尊敬與謙讓用法　56

LEVEL 4			
001	いらっしゃる	自五 來・去・在（尊敬語）	類行く、来る（去・來）
002	おいでになる	自五 來・去・在（尊敬語）	類行く、来る（去・來）
003	ご存知	名 您知道（尊敬語）	類理解（理解）
004	ご覧になる	他五 看・閲讀（尊敬語）	類見る（看）
005	なさる	他五 做	類する（做）
006	召し上がる	他五 （敬）吃・喝	類食べる（吃）
007	致す	自他五 （〝する〞的謙恭說法）做・辦；致；有…、感覺…	類する（做）
008	頂く／戴く	他五 接收；領取；吃、喝	類受け取る（接收）
009	伺う	他五 拜訪；打聽（謙讓語）	類訪れる（訪問）
010	おっしゃる	他五 說・講・叫	類言う（說）

類語不一樣喔

頂く

領受・接收

差し上げる

給予・敬獻

166

16
副詞與其他

忙しければ、　　　　　　　　なくてもいいですよ。
如果很忙，不來也沒關係的。

明日のパーティーに、社長は　　　　　　ますか。
明天的派對，社長會光臨嗎？

　　　　　　のことをお教えください。
請告訴我您所知道的事。

ここから、富士山を　　　　　　ことができます。
從這裡可以看到富士山。

どうして、あんなことを　　　　　　のですか。
您為什麼會做那種事情呢？

お菓子を　　　　　　ませんか。
要不要吃一點點心呢？

このお菓子は、変わった味が　　　　　ますね。
這個糕點有奇怪的味道。

その品物は、私が　　　　　かもしれない。
那商品也許是我買的。

先生のお宅に　　　　　ことがあります。
我去訪過老師家。

なにか　　　　　ましたか。
您說什麼呢？

您說了什麼嗎？

何かおっしゃいましたか。

いえ、何も言ってないですよ。

N4　題型分析

測驗科目 (測驗時間)			試題內容		
			題型	小題 題數 *	分析
語言知識 (25分)	文字、語彙	1	漢字讀音 ◇	7	測驗漢字語彙的讀音。
		2	假名漢字寫法 ◇	5	測驗平假名語彙的漢字寫法。
		3	選擇文脈語彙 ○	8	測驗根據文脈選擇適切語彙。
		4	替換類義詞 ○	4	測驗根據試題的語彙或說法，選擇類義詞或類義說法。
		5	語彙用法 ○	4	測驗試題的語彙在文句裡的用法。
語言知識、讀解 (55分)	文法	1	文句的文法1 （文法形式判斷） ○	13	測驗辨別哪種文法形式符合文句內容。
		2	文句的文法2 （文句組構） ◆	4	測驗是否能夠組織文法正確且文義通順的句子。
		3	文章段落的文法 ◆	4	測驗辨別該文句有無符合文脈。
	讀解 *	4	理解內容 （短文） ○	3	於讀完包含學習、生活、工作相關話題或情境等，約100~200字左右的撰寫平易的文章段落之後，測驗是否能夠理解其內容。
		5	理解內容 （中文） ○	3	於讀完包含以日常話題或情境為題材等，約450字左右的簡易撰寫文章段落之後，測驗是否能夠理解其內容。
		6	釐整資訊 ◆	2	測驗是否能夠從介紹或通知等，約400字左右的撰寫資訊題材中，找出所需的訊息。

聽解 （35分）	1	理解問題	◇	8	於聽取完整的會話段落之後，測驗是否能夠理解其內容（於聽完解決問題所需的具體訊息之後，測驗是否能夠理解應當採取的下一個適切步驟）。
	2	理解重點	◇	7	於聽取完整的會話段落之後，測驗是否能夠理解其內容（依據剛才已聽過的提示，測驗是否能夠抓住應當聽取的重點）。
	3	適切話語	◆	5	於一面看圖示，一面聽取情境說明時，測驗是否能夠選擇適切的話語。
	4	即時應答	◆	8	於聽完簡短的詢問之後，測驗是否能夠選擇適切的應答。

＊「小題題數」為每次測驗的約略題數，與實際測驗時的題數可能未盡相同。此外，亦有可能會變更小題題數。

＊有時在「讀解」科目中，同一段文章可能會有數道小題。

模擬試題 **錯題糾錯＋解題攻略筆記！**

錯題＆錯解

正解＆解析

參考資料

絕對合格
日檢必考單字

新制對應！

1 場所、空間與範圍

001	裏 うら	名 裡面，背後	類 後ろ（背面） 對 表（正面）
002	表 おもて	名 表面；正面	類 正面（正面） 對 裏（背後）
003	以外 いがい	名 除外，以外	類 その他（之外） 對 以内（之內）
004	内 うち	名 …之內；…之中	類 内部（裡面） 對 外（外面）
005	真ん中 まなか	名 正中間	類 中央（中央） 對 隅（角落）
006	周り まわ	名 周圍，周邊	類 周囲（四周）
007	間 あいだ	名 中間；期間；之間	類 中間（中間）
008	隅 すみ	名 角落	類 端っこ（角落）
009	手前 てまえ	名・代 眼前；靠近自己這一邊；（當著…的）面前；（謙）我，（藐）你	
010	手元 てもと	名 身邊，手頭；膝下；生活，生計	
011	此方 こっち	名 這裡，這邊	類 此処（這裡）
012	何方 どっち	代 哪一個	類 どれ（哪個）
013	遠く とお	名 遠處；很遠	
014	～方 ほう	名 …方，邊	類 方面（方面）
015	空く あ	自五 空著；閒著；有空；空隙	類 欠ける（缺少） 對 満ちる（充滿）

JLPT

LEVEL 4

001	うら 裏	□ 裡面，背後
002	おもて 表	□ 表面；正面
003	いがい 以外	□ 除外，以外
004	うち 内	□ …之內；…之中
005	まなか 真ん中	□ 正中間
006	まわ 周り	□ 周圍，周邊
007	あいだ 間	□ 中間；期間；之間
008	すみ 隅	□ 角落
009	てまえ 手前	□ 眼前；靠近自己這一邊；（當著…的）面前；（謙）我，（藐）你
010	てもと 手元	□ 身邊，手頭；膝下；生活，生計
011	こっち 此方	□ 這裡，這邊
012	どっち 何方	□ 哪一個
013	とお 遠く	□ 遠處；很遠
014	ほう ～方	□ …方，邊，比較
015	あ 空く	□ 空著，閒著；有空；空隙

□ 紙の＿＿＿＿＿＿に名前が書いてあるかどうか、見てください。

請看一下紙的背面有沒有寫名字。

□ 紙の＿＿＿＿＿＿に、名前と住所を書きなさい。

在紙的正面，寫下姓名與地址。

□ 彼＿＿＿＿＿＿は、みんな来るだろう。

除了他以外，大家都會來吧！

□ 今年の＿＿＿＿＿＿に、お金を返してくれませんか。

今年內可以還我錢嗎？

□ ＿＿＿＿＿＿にあるケーキをいただきたいです。

我想要中間的那塊蛋糕。

□ ＿＿＿＿＿＿の人のことを気にしなくてもかまわない。

不必在乎周圍的人也沒有關係！

□ 10年もの＿＿＿＿＿＿、連絡がなかった。

長達 10 年的期間，都沒有聯絡。

□ 部屋の＿＿＿＿＿＿まで掃除してさしあげた。

連房間的角落都幫你打掃好了。

□ ＿＿＿＿＿＿にある箸を取る。

拿起自己面前的筷子。

□ ＿＿＿＿＿＿にない。

手邊沒有。

□ ＿＿＿＿＿＿に、なにか面白い鳥がいます。

這裡有一隻有趣的鳥。

□ ＿＿＿＿＿＿をさしあげましょうか。

要送您哪一個呢？

□ あまり＿＿＿＿＿＿まで行ってはいけません。

不可以走到太遠的地方。

□ フランス料理の＿＿＿＿＿＿が好きかい？

比較喜歡法國料理（那一邊）嗎？

□ 席が＿＿＿＿＿＿たら、座ってください。

如空出座位來，請坐下。

⓪ 手前　　　⑫ 手元　　　⑬ こっち　　　⑭ どっち

⑮ 遠く　　　⑯ ほう　　　⑰ 空い

2 地點

001	地理 ちり	名 地理	類 地図 ちず（地圖）

002	社会 しゃかい	名 社會	類 コミュニティ（community／共同體） 對 個人 こじん（個人）

003	西洋 せいよう	名 西洋	類 欧米 おうべい（歐美） 對 東洋 とうよう（東洋）

004	世界 せかい	名 世界；天地	類 ワールド（world／世界）

005	国内 こくない	名 該國內部，國內	類 日本 にほん（日本） 對 国外 こくがい（國外）

006	村 むら	名 村莊，村落	類 里 さと（鄉間）

007	田舎 いなか	名 鄉下	類 村落 そんらく（村落） 對 都会 とかい（都市）

008	郊外 こうがい	名 郊外	類 町外れ まちはず（郊外）

009	島 しま	名 島嶼	類 列島 れっとう（列島）

010	海岸 かいがん	名 海岸	類 岸 きし（岸邊） 對 沖 おき（海面）

011	湖 みずうみ	名 湖，湖泊	類 沢 さわ（沼澤）

☐ 私は、日本の＿＿＿＿＿＿とか歴史とかについてあまり知りません。

我對日本地理或歷史不甚了解。

☐ ＿＿＿＿＿＿が厳しくても、私はがんばります。

即使社會嚴峻，我也會努力的。

☐ 彼は、＿＿＿＿＿＿文化を研究しているらしいです。

他好像在研究西洋文化。

☐ ＿＿＿＿＿＿を知るために、たくさん旅行をした。

為了認識世界，我去了許多地方旅行。

☐ 今年の夏は、＿＿＿＿＿＿旅行に行くつもりです。

今年夏天我打算要在國內旅行。

☐ この＿＿＿＿＿＿への行きかたを教えてください。

請告訴我怎麼去這個村子。

☐ ＿＿＿＿＿＿のおかあさんの調子はどうだい？

你鄉下母親的身體還好吧？

☐ ＿＿＿＿＿＿は住みやすいですね。

郊外住起來舒服呢。

☐ ＿＿＿＿＿＿に行くためには、船に乗らなければなりません。

要去小島，就得搭船。

☐ 風のために、＿＿＿＿＿＿は危険になっています。

因為風大，海岸很危險。

☐ 山の上に、＿＿＿＿＿＿があります。

山上有湖泊。

012	アジア【Asia】	名 亞洲
013	アフリカ【Africa】	名 非洲
014	アメリカ【America】	名 美國
015	県 けん	名 縣
016	市 し	名 …市
017	町 ちょう	名・漢造 鎮
018	坂 さか	名 斜坡
019	下がる さ	自五 下降

しゃかい
社会

社會，世間。

かいしゃ
会社

公司，商社。

□ ＿＿＿＿＿＿に広^{ひろ}がる。

擴大至亞州。

□ ＿＿＿＿＿＿に遊^{あそ}びに行^いく。

去非洲玩。

□ ＿＿＿＿＿＿へ行^いく。

去美國。

□ 神奈川^{かながわ}＿＿＿＿＿＿へ行^いく。

去神奈川縣。

□ 台北^{タイペイ}＿＿＿＿＿＿。

台北市。

□ ＿＿＿＿＿＿長^{ちょう}になる。

當鎮長。

□ ＿＿＿＿＿＿を下^おりる。

下坡。

□ 気温^{きおん}が＿＿＿＿＿＿。

氣溫下降。

村^{むら}

村子，比「町」小的行政單位。

町^{まち}

城鎮，比村子大，比「市」小的行政單位。

---

⑰ 坂^{さか}　　⑱ 下^さがる

03

001	さっき	副 剛剛，剛才	類 さきに（剛才）
002	夕べ（ゆう）	名 昨晩	類 昨晩（さくばん）（昨晚）
003	この間（あいだ）	副 前幾天	類 先日（せんじつ）（前幾天） 對 その後（ご）（那之後）
004	最近（さいきん）	名 最近	類 近頃（ちかごろ）（這陣子）
005	最後（さいご）	名 最後	
006	最初（さいしょ）	名 最初，首先	
007	昔（むかし）	名 以前；10 年	類 以前（いぜん）（以前） 對 今（いま）（現在）
008	唯今／只今（ただいま／ただいま）	副 馬上，剛才；我回來了	類 現在（げんざい）（現在）
009	今夜（こんや）	名 今晚	類 今晚（こんばん）（今晚）
010	明日（あす）	名 明天	類 明日（あした）（明天）
011	今度（こんど）	名 這次；下次；以後	類 今回（こんかい）（這回）
012	再来週（さらいしゅう）	副 下下星期	
013	再来月（さらいげつ）	副 下下個月	
014	将来（しょうらい）	名 將來	類 未来（みらい）（未來） 對 過去（かこ）（過去）

參考答案　さっき　　夕べ（ゆう）　　このあいだ　　最近（さいきん）
　　　　　最後（さいご）　　最初（さいしょ）　　昔（むかし）

□ _____ ここにいたのは、だれだい？

剛才在這裡的是誰？

□ _____ は暑かったですねえ。よく眠れませんでしたよ。

昨天晚上真是熱死人了，我根本不太睡得著。

□ _____ 買ったのは、おいしくなかった。

前幾天買的那個並不好吃。

□ 彼女は_____、勉強もしないし、遊びにも行きません。

她最近既不唸書也不去玩。

□ _____ まで戦う。

戰到最後。

□ _____ に出会った人。

首次遇見的人。

□ 私は_____、あんな家に住んでいました。

我以前住過那樣的房子。

□ _____ お茶をお出しいたします。

我馬上就端茶過來。

□ _____ までに連絡します。

今晚以前會跟你聯絡。

□ 今日忙しいなら、_____ でもいいですよ。

如果今天很忙，那明天也可以喔！

□ _____、すてきな服を買ってあげましょう。

下次買漂亮的衣服給你！

□ _____ 遊びに来るのは、伯父です。

下下星期要來玩的是伯父。

□ _____ 国に帰るので、準備をしています。

下下個月要回國，所以正在準備行李。

□ _____ は、立派な人におなりになるだろう。

將來您會成為了不起的人吧！

⑧ ただいま ⑨ 今夜 ⑩ 明日 ⑪ 今度
⑫ 再来週 ⑬ 再来月 ⑭ 将来

2 時間、時刻、時段

Download ♪ 04

001	時 とき	名 …時，時候	類 頃 ころ（時候）
002	日 ひ	名 天，日子	類 一日 いちにち（終日）
003	年 とし	名 年齡；一年	類 年度 ねんど（〈工作、學業〉年度）
004	始める はじ	他下一 開始	類 開始 かいし（開始） 對 終わる お（結束）
005	終わり お	名 結束，最後；結尾，結局	類 最終 さいしゅう（最後） 對 始め はじ（開始）
006	急ぐ いそ	自五 急忙，快走	類 焦る あせ（焦躁）
007	直ぐに す	副 馬上	
008	間に合う ま あ	自五 來得及，趕得上；夠用	類 足りる た（夠用）
009	朝寝坊 あさ ね ぼう	名・自サ 賴床；愛賴床的人	
010	起こす お	他五 扶起；叫醒；引起	類 目覚ませる め ざ（使…醒來）
011	昼間 ひる ま	名 白天	類 昼 ひる（白天） 對 夜 よる（晚上）
012	暮れる く	自下一 日暮，天黑；年終	類 夜になる よる（日落） 對 明ける あ（天亮）
013	此の頃 こ ごろ	副 最近	類 近頃 ちかごろ（最近）
014	時代 じ だい	名 時代；潮流；歷史	類 年代 ねんだい（年代）

2

時間

☐ そんな＿＿＿＿＿は、この薬を飲んでください。

那種時候請吃這服藥。

☐ その＿＿＿＿＿、私は朝から走りつづけていた。

那一天，我從早上開始就跑個不停。

☐ ＿＿＿＿＿も書かなければなりませんか。

也得要寫年齡嗎？

☐ ベルが鳴るまで、テストを＿＿＿＿＿てはいけません。

在鈴聲響起前，不能開始考試。

☐ 小説は、＿＿＿＿＿の書きかたが難しい。

小説的結尾很難寫。

☐ ＿＿＿＿＿のに、授業に遅れました。

雖然趕來了，但上課還是遲到了。

☐ ＿＿＿＿＿帰る。

馬上回來。

☐ タクシーに乗らなくちゃ、＿＿＿＿＿＿ないですよ。

要是不搭計程車，就沒辦法趕上了唷！

☐ うちの息子は、＿＿＿＿＿をしたがる。

我兒子老愛賴床。

☐ 父は、「明日の朝、6時に＿＿＿＿＿くれ。」と言った。

父親説了：「明天早上6點叫我起床。」

☐ 彼は、＿＿＿＿＿は忙しいと思います。

我想他白天應該很忙吧！

☐ 日が＿＿＿＿＿のに、子どもたちはまだ遊んでいる。

天都黑了，孩子們卻還在玩。

☐ ＿＿＿＿＿、考えさせられることが多いです。

最近讓人省思的事有很多。

☐ 新しい＿＿＿＿＿が来たということを感じます。

感覺到新時代已經來臨了。

---

⑨ 間に合わ　　⑩ 朝寝坊　　⑯ 起こして　　⑰ 昼間
⑫ 暮れた　　⑬ このごろ　　⑭ 時代

023

1 寒暄用語

001	行って参（まい）ります	寒暄 我走了	
002	いってらっしゃい	寒暄 慢走，好走	
003	お帰（かえ）りなさい	寒暄 （你）回來了	
004	よくいらっしゃいました	寒暄 歡迎光臨，歡迎您大駕光臨	類 ようこそ（歡迎光臨）
005	お陰（かげ）	寒暄 託福；承蒙關照	類 恩惠（おんけい）（恩惠）
006	お蔭様（かげさま）で	寒暄 託福，多虧	
007	お大事（だいじ）に	寒暄 珍重，保重	
008	畏（かしこ）まりました	寒暄 知道，了解（"わかる"謙讓語）	類 了解（りょうかい）（理解）
009	お待（ま）たせしました	寒暄 久等了	
010	お目出度（めでと）うございます	寒暄 恭喜	類 祝（いわ）う（祝賀）
011	それはいけませんね	寒暄 那可不行	
012	ようこそ	寒暄 歡迎	

001	行って参りいます	□ 我走了，（我）去
002	いってらっしゃい	□ 慢走，好走
003	お帰りなさい	□ （你）回來了
004	よくいらっしゃいました	□ 歡迎光臨，歡迎您大駕光臨
005	お陰	□ 託福；承蒙關照
006	お蔭様で	□ 託福，多虧
007	お大事に	□ 珍重，保重
008	畏まりました	□ 知道，了解（"わかる"謙讓語）
009	お待たせしました	□ 久等了
010	お目出度うございます	□ 恭喜
011	それはいけませんね	□ 那可不行
012	ようこそ	□ 歡迎

我想學的單字

参考答案　いってまいります　　いってらっしゃい　　お帰りなさい
　　　　　よくいらっしゃいました　おかげ　　　　　　お蔭様で

026

☐ **親戚のお見舞いに_____。**

我要去探望一下生病的親戚。

☐ **_____。何時に帰るの？**

路上小心！幾點回來呢？

☐ **_____。お茶でも飲みますか。**

你回來啦。要不要喝杯茶？

☐ **_____。靴を脱がずに、お入りください。**

歡迎您蒞臨寒舍。不用脫鞋，請進來。

☐ **あなたが手伝ってくれた_____で、仕事が終わりました。**

多虧你的幫忙，工作才得以結束。

☐ **_____、元気になってきました。**

託您的福，我身體好多了。

☐ **頭痛がするのですか。どうぞ_____。**

頭痛嗎？請多保重！

☐ **_____。少々お待ちください。**

知道了，您請稍候。

☐ **_____。どうぞお座りください。**

讓您久等了，請坐。

☐ **_____。賞品は、カメラとテレビとどちらのほうがいいですか。**

恭喜！獎品有照相機跟電視，您要哪一種？

☐ **_____。薬を飲んでみたらどうですか。**

那可不行啊！是不是吃個藥比較好？

☐ **_____、おいで下さいました。**

衷心歡迎您的到來。

---

⑰ お大事に　　⑱ かしこまりました　　⑲ お待たせしました

⑳ おめでとうございます　　㉑ それはいけませんね　　㉒ ようこそ

2 各種人物

001	お子さん（こ）	名 您孩子	類 お子様（こさま）（您孩子）
002	息子さん（むすこ）	名（尊稱他人的）令郎	類 令息（れいそく）（令郎） 對 娘さん（むすめ）（令媛）
003	娘さん（むすめ）	名 您女兒，令媛	類 息女（そくじょ）（令媛） 對 息子さん（むすこ）（令郎）
004	お嬢さん（じょう）	名 您女兒；小姐；千金小姐	類 娘さん（むすめ）（女兒） 對 息子さん（むすこ）（兒子）
005	高校生（こうこうせい）	名 高中生	
006	大学生（だいがくせい）	名 大學生	
007	先輩（せんぱい）	名 學姐，學長；老前輩	類 上輩（じょうはい）（前輩） 對 後輩（こうはい）（學弟妹）
008	客（きゃく）	名 客人；顧客	類 ゲスト（guest／客人） 對 売り主（うぬし）（賣方）
009	店員（てんいん）	名 店員	類 売り子（うりこ）（店員） 對 店主（てんしゅ）（老闆）
010	社長（しゃちょう）	名 社長	
011	お金持ち（かねもち）	名 有錢人	類 富豪（ふごう）（富豪） 對 貧乏人（びんぼうじん）（窮人）
012	市民（しみん）	名 市民，公民	
013	君（きみ）	名 你（男性對同輩以下的親密稱呼）	類 あなた（你） 對 私（わたし）（我）
014	～員（いん）	名 …員	
015	～方（かた）	名（敬）人	類 人（ひと）（人）

參考答案
⑮ お子さん（こ）　　⑯ 息子さん（むすこ）　　⑰ 娘さん（むすめ）　　⑱ お嬢さん（じょう）
⑲ 高校生（こうこうせい）　　⑳ 大学生（だいがくせい）　　㉑ 先輩（せんぱい）　　㉒ 客（きゃく）

☐ ＿＿＿＿＿＿＿＿は、どんなものを食べたがりますか。

您小孩喜歡吃什麼東西？

☐ ＿＿＿＿＿＿＿＿のお名前を教えてください。

請教令郎的大名。

☐ ブランコに乗っているのが＿＿＿＿＿＿ですか。

正在盪鞦韆的就是令媛嗎？

☐ ＿＿＿＿＿＿＿＿は、とても女らしいですね。

您女兒非常淑女呢！

☐ ＿＿＿＿＿の息子に、英語の辞書をやった。

我送英文辭典給高中生的兒子。

☐ 鈴木さんの息子は、＿＿＿＿＿だと思う。

我想鈴木先生的兒子，應該是大學生了。

☐ ＿＿＿＿＿＿は、フランスに留学に行かれた。

學長去法國留學了。

☐ ＿＿＿＿＿＿がたくさん入るだろう。

會有很多客人進來吧！

☐ ＿＿＿＿＿＿がだれもいないはずがない。

不可能沒有店員在。

☐ ＿＿＿＿＿＿に、難しい仕事をさせられた。

社長讓我做很難的工作。

☐ だれでも＿＿＿＿＿＿になれる。

誰都可以成為有錢人。

☐ ＿＿＿＿＿＿の生活を守る。

捍衛市民的生活。

☐ ＿＿＿＿＿＿は、将来何をしたいの？

你將來想做什麼？

☐ 研究＿＿＿＿＿＿としてやっていくつもりですか。

你打算當研究員嗎？

☐ 新しい先生は、あそこにいる＿＿＿＿＿＿らしい。

新來的老師，好像是那邊的那位。

---

⑨ てんいん 店員　⑩ しゃちょう 社長　⑪ かね も お金持ち　⑫ しみん 市民
⑬ きみ 君　⑭ いん 員　⑮ かた 方

3 男女

001	だんせい 男性	名 男性	類 男（男性） 對 女性（女性）
002	じょせい 女性	名 女性	類 女（女性） 對 男性（男性）
003	かのじょ 彼女	名 她；女朋友	類 恋人（情人） 對 彼（他）
004	かれ 彼	名・代 他；男朋友	類 あの人（那個人） 對 彼女（她）
005	かれ し 彼氏	名・代 男朋友；他	類 彼（男朋友） 對 彼女（女朋友）
006	かれ ら 彼等	名 他們	
007	じんこう 人口	名 人口	類 人数（人數）
008	みな 皆	名 大家；所有的	類 全員（全體人員）
009	あつ 集まる	自五 聚集，集合	
010	あつ 集める	他下一 集合	類 集合（集合）
011	つ 連れる	他下一 帶領，帶著	類 伴う（陪伴）
012	か 欠ける	自下一 缺損；缺少	類 不足（不足） 對 満ちる（充滿）

我想學的單字

參考答案

だんせい 男性	じょせい 女性	かのじょ 彼女
かれ 彼	かれ し 彼氏	かれ 彼ら

☐ そこにいる＿＿＿＿＿＿が、私たちの先生です。
那裡的那位男性，是我們的老師。

☐ 私は、あんな＿＿＿＿＿＿と結婚したいです。
我想和那樣的女性結婚。

☐ ＿＿＿＿＿＿はビールを５本も飲んだ。
她竟然喝了５瓶啤酒。

☐ ＿＿＿＿＿＿がそんな人だとは、思いませんでした。
沒想到他是那種人。

☐ ＿＿＿＿＿＿はいますか。
你有男朋友嗎？

☐ ＿＿＿＿＿＿は本当に男らしい。
他們真是男子漢。

☐ 私の町は＿＿＿＿＿＿が多すぎます。
我住的城市人口過多。

☐ この街は、＿＿＿＿＿＿に愛されてきました。
這條街一直深受大家的喜愛。

☐ パーティーに、1000人も＿＿＿＿＿＿ました。
多達 1000 人，聚集在派對上。

☐ 生徒たちを、教室に＿＿＿＿＿＿なさい。
叫學生到教室集合。

☐ 子どもを幼稚園に＿＿＿＿＿＿行ってもらいました。
請他幫我帶小孩去幼稚園了。

☐ メンバーが一人＿＿＿＿＿＿ままだ。
成員一直缺少一個人。

---

⑨ 人口（じんこう）　⑭ みな　　⑰ 集まり（あつまり）
⑩ 集め（あつめ）　　⑬ 連れて（つれて）　⑫ 欠けた（かけた）

Download ♪ 08

001	祖父(そふ)	名 祖父，外祖父	類 祖父さん(じい)（祖父） 對 祖母(そぼ)（祖母）
002	祖母(そぼ)	名 奶奶，外婆	類 祖母さん(ばあ)（祖母） 對 祖父(そふ)（祖父）
003	親(おや)	名 父母	類 両親(りょうしん)（雙親） 對 子(こ)（孩子）
004	夫(おっと)	名 丈夫	
005	主人(しゅじん)	名 老公，（我）丈夫，先生	
006	妻(つま)	名 妻子，太太（自稱）	類 家内(かない)（內人） 對 夫(おっと)（丈夫）
007	家内(かない)	名 妻子	
008	子(こ)	名 孩子	類 こども（孩子） 對 親(おや)（父母親）
009	赤ちゃん(あか)	名 嬰兒	類 赤ん坊(あか)(ぼう)（嬰兒）
010	赤ん坊(あか)(ぼう)	名 嬰兒	類 幼児(ようじ)（幼兒）
011	育てる(そだ)	他下一 撫育，培植；培養	類 養う(やしな)（養育）
012	子育て(こ)(そだ)	名 養育小孩，育兒	類 育児(いくじ)（育兒）
013	似る(に)	自上一 相像，類似	類 そっくり（相像）
014	僕(ぼく)	名 我（男性用）	類 私(わたし)（我） 對 あなた（你／妳）

☐ _____はずっとその会社で働いてきました。

祖父一直在那家公司工作到現在。

☐ _____は、いつもお菓子をくれる。

奶奶常給我糖果。

☐ _____は私を医者にしたがっています。

父母希望我當醫生。

☐ _____に死なれる。

死了丈夫。

☐ _____の役を務める。

扮演丈夫的職責。

☐ 私が会社をやめたいということを、_____は知りません。

妻子不知道我想離職的事。

☐ _____に相談する。

和妻子討論。

☐ うちの_____は、まだ5歳なのにピアノがじょうずです。

我家小孩才5歲，卻很會彈琴。

☐ _____は、泣いてばかりいます。

嬰兒只是哭著。

☐ _____が歩こうとしている。

嬰兒在學走路。

☐ 蘭は_____にくいです。

蘭花很難培植。

☐ 毎日、_____に追われています。

每天都忙著帶小孩。

☐ 私は、妹ほど母に_____いない。

我沒有妹妹那麼像媽媽。

☐ この仕事は、_____がやらなくちゃならない。

這個工作非我做不行。

---

⑧ 子   ⑨ 赤ちゃん   ⑩ 赤ん坊   ⑪ 育て

⑫ 子育て   ⑬ 似て   ⑭ 僕

5 態度、性格

001 □□□ □□□	しんせつ **親切**	名・形動 親切，客氣	類 ていねい 丁寧（客氣） 對 れいたん 冷淡（冷淡）
002 □□□ □□□	ていねい **丁寧**	名・形動 客氣；仔細	類 ねんいり 念入り（周到）
003 □□□ □□□	ねっしん **熱心**	名・形動 專注，熱衷	類 むちゅう 夢中（著迷） 對 れいたん 冷淡（冷淡）
004 □□□ □□□	まじめ **真面目**	名・形動 認真	類 ほんき 本気（認真） 對 ふまじめ 不真面目（不認真）
005 □□□ □□□	いっしょうけんめい **一生懸命**	副・形動 拼命地	類 ねっしん 熱心（專注）
006 □□□ □□□	やさ **優しい**	形 溫柔，體貼	類 しんせつ 親切（親切）
007 □□□ □□□	てきとう **適当**	名・自サ・形動 適當；適度；隨便	類 さいてき 最適（最適合）
008 □□□ □□□	おか **可笑しい**	形 奇怪，可笑；不正常	類 おもしろ 面白い（好玩） 對 つ 詰まらない（無趣）
009 □□□ □□□	こま **細かい**	形 細小；詳細；無微不至	類 くわ 詳しい（詳細）
010 □□□ □□□	さわ **騒ぐ**	自五 吵鬧，喧囂	類 あば 暴れる（胡鬧） 對 しず 静まる（平息）
011 □□□ □□□	ひど **酷い**	形 殘酷；過分；非常	類 はげ 激しい（激烈）

⓿ 騒ぐ（さわ）

① 親切（しんせつ）

⑤ 一生懸命（いっしょうけんめい）

請適可而止

⑧ 可笑しい（おか）

⑦ 適当（てきとう）

⑥ 優しい（やさ）

⑨ 細かい（こま）

③ 熱心（ねっしん）

② 丁寧（ていねい）

④ 真面目（まじめ）

⑪ 酷い（ひど）

LEVEL 4

001	しんせつ **親切**	□ 親切，客氣
002	ていねい **丁寧**	□ 客氣；仔細
003	ねっしん **熱心**	□ 專注，熱衷
004	ま じ め **真面目**	□ 認真
005	いっしょうけんめい **一生懸命**	□ 拼命地
006	やさ **優しい**	□ 溫柔，體貼
007	てきとう **適当**	□ 適當；適度；隨便
008	お か **可笑しい**	□ 奇怪，可笑；不正常
009	こま **細かい**	□ 細小；詳細；無微不至
010	さわ **騒ぐ**	□ 吵鬧，喧囂
011	ひど **酷い**	□ 殘酷；過分；非常

☐ みんなに＿＿＿＿＿にするように言われた。

説要我對大家親切一點。

☐ 先生の説明は、彼の説明より＿＿＿＿＿です。

老師比他説明得更仔細。

☐ 毎日 10 時になると、＿＿＿＿＿に勉強しはじめる。

每天一到 10 點，便開始專心唸書。

☐ 今後も、＿＿＿＿＿に勉強していきます。

從今以後，會認真唸書。

☐ 父が＿＿＿＿＿＿働いて、私たちを育ててくれました。

家父拼了命地工作，把我們這些孩子撫養長大。

☐ 彼女があんな ＿＿＿＿＿人だとは知りませんでした。

我不知道她是那麼貼心的人。

☐ ＿＿＿＿＿にやっておくから、大丈夫。

我會妥當處理的，沒關係！

☐ ＿＿＿＿＿ければ、笑いなさい。

如果覺得可笑，就笑呀！

☐ ＿＿＿＿＿ことは言わずに、適当にやりましょう。

別在意小地方了，看情況做吧！

☐ 教室で＿＿＿＿＿いるのは、誰なの？

是誰在教室吵鬧？

☐ そんな＿＿＿＿＿ことを言うな。

別説那麼過分的話。

08 おかし　　　09 細かい

10 騒いで　　　11 ひどい

6 人際關係

001	関係 かんけい	名 關係；影響	類 仲（交情） なか
002	紹介 しょうかい	名・他サ 介紹	類 仲立ち（居中介紹） なか だ
003	世話 せ わ	名・他サ 照顧，照料	類 付き添い（照料） つ そ
004	別れる わか	自下一 分別，分開	類 離別（離別） り べつ 對 会う（見面） あ
005	挨拶 あいさつ	名・自サ 寒暄；致詞；拜訪	類 お世辞（客套話） せ じ
006	喧嘩 けん か	名・自サ 吵架	
007	遠慮 えんりょ	名・自他サ 客氣；謝絕	類 控えめ（客氣） ひか
008	失礼 しつれい	名・形動・自サ 失禮，沒禮貌；失陪	類 無礼（沒禮貌） ぶ れい
009	褒める ほ	他下一 誇獎	類 称賛（稱讚） しょうさん 對 叱る（斥責） しか
010	役に立つ やく た	慣 有幫助，有用	類 役立つ（有用） やく だ
011	自由 じ ゆう	名・形動 自由，隨便	類 自在（自在） じ ざい 對 不自由（不自由） ふ じ ゆう
012	習慣 しゅうかん	名 習慣	類 仕来り（慣例） し きた

我想學的單字

☐ みんな、二人の＿＿＿＿＿を知りたがっています。
大家都很想知道他們兩人的關係。

☐ 鈴木さんをご＿＿＿＿＿しましょう。
我來介紹鈴木小姐給您認識。

☐ 子どもの＿＿＿＿＿をするために、仕事をやめた。
為了照顧小孩，辭去了工作。

☐ 若い二人は、両親に＿＿＿＿＿させられた。
兩位年輕人，被父母給強行拆散了。

☐ アメリカでは、こう握手して＿＿＿＿＿します。
在美國都像這樣握手寒暄。

☐ ＿＿＿＿＿が始まる。
開始吵架。

☐ すみませんが、私は＿＿＿＿＿します。
對不起，請容我拒絕。

☐ 黙って帰るのは、＿＿＿＿＿です。
連個招呼也沒打就回去，是很沒禮貌的。

☐ 両親が＿＿＿＿＿くれた。
父母誇獎了我。

☐ その辞書は＿＿＿＿＿＿＿かい？
那辭典有用嗎？

☐ そうするかどうかは、あなたの＿＿＿＿＿です。
要不要那樣做，隨便你！

☐ 一度ついた＿＿＿＿＿は、変えにくいですね。
一旦養成習慣，就很難改變呢。

⑦ 遠慮　　⑧ 失礼　　⑨ ほめて
⑩ 役に立つ　⑪ 自由　　⑫ 習慣

1 人體

001	格好／恰好 _{かっこう}	名 外表，裝扮	類 姿（身段）
002	髪 _{かみ}	名 頭髮	類 髪の毛（頭髮）
003	毛 _け	名 頭髮，汗毛	類 頭髪（頭髮）
004	ひげ	名 鬍鬚	類 白鬚（白鬍子）
005	首 _{くび}	名 頸部，脖子	類 頭（頭）
006	喉 _{のど}	名 喉嚨	類 咽喉（咽喉）
007	背中 _{せなか}	名 背部	類 背（身高） 對 腹（肚子）
008	腕 _{うで}	名 胳臂；本領	類 片腕（單手）
009	指 _{ゆび}	名 手指	對 親指（大拇指）
010	爪 _{つめ}	名 指甲	
011	血 _ち	名 血；血緣	類 血液（血液） 對 肉（肉）
012	おなら	名 屁	類 屁（屁）

LEVEL 4

001	格好／恰好 _{かっこう} _{かっこう}	☐ 外表，裝扮
002	髪 _{かみ}	☐ 頭髮
003	毛 _け	☐ 頭髮，汗毛
004	ひげ	☐ 鬍鬚
005	首 _{くび}	☐ 頸部，脖子
006	喉 _{のど}	☐ 喉嚨
007	背中 _{せなか}	☐ 背部
008	腕 _{うで}	☐ 胳臂；本領
009	指 _{ゆび}	☐ 手指
010	爪 _{つめ}	☐ 指甲
011	血 _ち	☐ 血；血緣
012	おなら	☐ 屁

我想學的單字

參考答案　① かっこう　　② かみ髪　　③ け毛
④ ひげ　　⑤ くび首　　⑥ のど喉

□ その_____で出かけるの？

你要用那身打扮出門嗎？

□ _____を短く切るつもりだったが、やめた。

原本想把頭髮剪短，但作罷了。

□ しばらく会わない間に父の髪の_____はすっかり白くなっていた。

好一陣子沒和父親見面，父親的頭髮全都變白了。

□ 今日は休みだから、_____をそらなくてもかまいません。

今天休息，所以不刮鬍子也沒關係。

□ どうしてか、_____がちょっと痛いです。

不知道為什麼，脖子有點痛。

□ 風邪を引くと、_____が痛くなります。

一感冒，喉嚨就會痛。

□ _____も痛いし、足も疲れました。

背也痛，腳也酸了。

□ 彼女の_____は、枝のように細い。

她的手腕像樹枝般細。

□ _____が痛いために、ピアノが弾けない。

因為手指疼痛，而無法彈琴。

□ _____を切る。

剪指甲。

□ 傷口から_____が流れつづけている。

血一直從傷口流出來。

□ _____を我慢するのは、体に良くないですよ。

忍著屁不放對身體不好喔。

---

07 背中（せなか）　　08 腕（うで）　　09 指（ゆび）

10 爪（つめ）　　11 血（ち）　　12 おなら

2 生死與體質

 Download 12

001	生きる	自上一 活著；謀生；充分發揮	類 生存（生存）
002	亡くなる	自五 去世，死亡	類 死ぬ（死亡） 對 生まれる（出生）
003	動く	自五 動，移動，離開原位；運動；作用	類 移動（移動） 對 止まる（停止）
004	触る	自五 碰觸，觸摸；接觸	
005	眠い	形 睏	
006	眠る	自五 睡覺	類 寝る（睡覺）
007	乾く	自五 乾；口渴	類 乾燥（乾燥） 對 湿る（潮濕）
008	太る	自五 胖，肥胖	類 肥える（肥胖） 對 痩せる（瘦）
009	痩せる	自下一 瘦；貧瘠	類 細る（變瘦） 對 太る（肥胖）
010	ダイエット【diet】	名・他サ 飲食，食物；（為治療或調節體重）規定飲食；減重，減肥	
011	弱い	形 虛弱；不高明	類 軟弱（軟弱） 對 強い（強壯）
012	折る	他五 折	

☐ 彼は、一人で＿＿＿＿＿いくそうです。

聽說他打算一個人活下去。

☐ おじいちゃんが＿＿＿＿＿＿＿、みんな悲しがっている。

爺爺過世了，大家都很哀傷。

☐ ＿＿＿＿＿ずに、そこで待っていてください。

請不要離開，在那裡等我。

☐ このボタンには、ぜったい＿＿＿＿＿てはいけない。

絕對不可觸摸這個按紐。

☐ お酒を飲んだら、＿＿＿＿＿なりはじめた。

喝了酒，便開始想睡覺了。

☐ 薬を使って、＿＿＿＿＿らせた。

用藥讓他入睡。

☐ 洗濯物が、そんなに早く＿＿＿＿＿はずがありません。

洗好的衣物，不可能那麼快就乾。

☐ ああ＿＿＿＿＿いると、苦しいでしょうね。

一胖成那樣，會很辛苦吧！

☐ 先生は、少し＿＿＿＿＿られたようですね。

老師您好像有點瘦了。

☐ 夏までに、３キロ＿＿＿＿＿＿します。

在夏天之前，我要減肥３公斤。

☐ その子どもは、体が＿＿＿＿＿そうです。

那個小孩看起來身體很虛弱。

☐ 骨を＿＿＿＿＿。

骨折。

⑦ 乾く　　　　⑧ 太って　　　　⑨ 痩せ

⑩ ダイエット　⑪ 弱　　　　⑫ 折る

3 疾病與治療

001	熱（ねつ）	名 高溫；熱；發燒	類 熱度（ねつど）（熱度）
002	インフルエンザ【influenza】	名 流行性感冒	類 流感（りゅうかん）（流行性感冒）
003	怪我（け が）	名・自サ 受傷	類 負傷（ふ しょう）（受傷）
004	花粉症（か ふんしょう）	名 花粉症，因花粉而引起的過敏鼻炎	類 アレルギー（Allergie／過敏）
005	倒れる（たお）	自下一 倒下；垮台；死亡	類 転ぶ（ころ）（跌倒）
006	入院（にゅういん）	名・自サ 住院	對 退院（たいいん）（出院）
007	注射（ちゅうしゃ）	名 打針	
008	塗る（ぬ）	他五 塗抹，塗上	類 塗り付ける（ぬ つ）（抹上）
009	お見舞い（み ま）	名 探望	類 訪ねる（たず）（拜訪）
010	具合（ぐ あい）	名 （健康等）狀況，方法	類 調子（ちょう し）（狀況）
011	治る（なお）	自五 變好；改正；治癒	類 全快（ぜんかい）（病癒）
012	退院（たいいん）	名・自サ 出院	對 入院（にゅういん）（住院）
013	ヘルパー【helper】	名 幫傭；看護	類 手伝い（て つだ）（幫忙）
014	～てしまう	補動 強調某一狀態或動作；懊悔	類 完了（かんりょう）（完畢）
015	お医者さん（い しゃ）	名 醫生	

參考答案　熱（ねつ）　　インフルエンザ　けが　花粉症（か ふんしょう）
倒れ（たお）　　入院（にゅういん）　注射（ちゅうしゃ）　塗り（ぬ）

☐ _____があ<ruby>時<rt>とき</rt></ruby>は、<ruby>休<rt>やす</rt></ruby>んだほうがいい。

發燒時最好休息一下。

☐ <ruby>家族全員<rt>か ぞくぜんいん</rt></ruby>、_____にかかりました。

我們全家人都得了流行性感冒。

☐ たくさんの<ruby>人<rt>ひと</rt></ruby>が_____をしたようだ。

好像很多人受傷了。

☐ <ruby>父<rt>ちち</rt></ruby>は_____がひどいです。

家父的花粉症很嚴重。

☐ _____にくい<ruby>建物<rt>たてもの</rt></ruby>を<ruby>作<rt>つく</rt></ruby>りました。

蓋了一棟不容易倒塌的建築物。

☐ _____のとき、<ruby>手伝<rt>て つだ</rt></ruby>ってあげよう。

住院時我來幫你吧。

☐ お<ruby>医者<rt>い しゃ</rt></ruby>さんに、_____していただきました。

醫生幫我打了針。

☐ <ruby>赤<rt>あか</rt></ruby>とか<ruby>青<rt>あお</rt></ruby>とか、いろいろな<ruby>色<rt>いろ</rt></ruby>を_____ました。

紅的啦、藍的啦，塗上了各種顏色。

☐ <ruby>田中<rt>た なか</rt></ruby>さんが、_____に<ruby>花<rt>はな</rt></ruby>をくださった。

田中小姐帶花來探望我。

☐ もう_____はよくなられましたか。

您身體狀況好些了嗎？

☐ <ruby>風邪<rt>か ぜ</rt></ruby>が_____のに、<ruby>今度<rt>こん ど</rt></ruby>はけがをしました。

感冒才治好，這次卻換受傷了。

☐ <ruby>彼<rt>かれ</rt></ruby>が_____するのはいつだい？

他什麼時候出院呀？

☐ <ruby>週<rt>しゅう</rt></ruby>に２<ruby>回<rt>かい</rt></ruby>、_____さんをお<ruby>願<rt>ねが</rt></ruby>いしています。

一個禮拜會麻煩看護幫忙兩天。

☐ <ruby>先生<rt>せんせい</rt></ruby>に<ruby>会<rt>あ</rt></ruby>わずに<ruby>帰<rt>かえ</rt></ruby>っ_____の？

沒見到老師就回來了嗎？

☐ <ruby>彼<rt>かれ</rt></ruby>は_____です。

他是醫生。

---

⑨ お<ruby>見舞<rt>み ま</rt></ruby>い   ⑩ <ruby>具合<rt>ぐ あい</rt></ruby>   ⑪ <ruby>治<rt>なお</rt></ruby>った   ⑫ <ruby>退院<rt>たいいん</rt></ruby>

⑬ ヘルパー   ⑭ てしまった   ⑮ お<ruby>医者<rt>い しゃ</rt></ruby>さん

LEVEL 4

001	うんどう **運動**	名・自サ 運動；活動	類 スポーツ（sports／運動）
002	**テニス** 【tennis】	名 網球	
003	**テニスコート** 【tennis court】	名 網球場	類 やきゅうじょう 野球場（網球場）
004	ちから **力**	名 力氣；能力，實力	類 たいりょく 体力（體力） 對 ちりょく 知力（智力）
005	じゅうどう **柔道**	名 柔道	類 ぶどう 武道（武術）
006	すいえい **水泳**	名・自サ 游泳	類 およ 泳ぐ（游泳）
007	か か **駆ける／駈ける**	自下一 奔跑，快跑	類 はし 走る（跑步） 對 ある 歩く（走路）
008	う **打つ**	他五 打擊，打	類 ぶつ（打擊）
009	すべ **滑る**	自下一 滑（倒）；滑動； （手）滑	類 かっそう 滑走（滑行）
010	な **投げる**	自下一 丟，拋；放棄	類 な だ 投げ出す（拋出）
011	し あい **試合**	名・自サ 比賽	類 きょうそう 競争（競爭）
012	きょうそう **競争**	名・自サ 競爭	類 きょうぎ 競技（比賽）
013	か **勝つ**	自五 贏，勝利；克服	類 やぶ 破る（打敗） 對 ま 負ける（戰敗）
014	しっぱい **失敗**	名・自サ 失敗	類 あやま 過ち（錯誤）
015	ま **負ける**	自下一 輸；屈服	類 はいそう 敗走（敗退） 對 か 勝つ（勝利）

參考答案
うんどう
運動 ・ テニス ・ テニスコート ・ ちから
力
じゅうどう
柔道 ・ すいえい
水泳 ・ かけた ・ う
打った

□ _____し終わったら、道具を片付けてください。

運動完了，請將器材收拾好。

□ _____をやる。

打網球。

□ みんな、_____まで走れ。

大家一起跑到網球場吧！

□ この会社では、_____を出しにくい。

在這公司難以發揮實力。

□ _____を習おうと思っている。

我想學柔道。

□ テニスより、_____の方が好きです。

喜歡游泳勝過打網球。

□ うちから駅まで_____ので、疲れてしまった。

從家裡跑到車站，所以累壞了。

□ イチローがホームランを_____ところだ。

一郎正好擊出全壘打。

□ この道は、雨の日は_____らしい。

這條路，下雨天好像很滑。

□ そのボールを_____もらえますか。

可以請你把那個球丟過來嗎？

□ _____はきっとおもしろいだろう。

比賽一定很有趣吧！

□ 一緒に勉強して、お互いに_____するようにした。

一起唸書，以競爭方式來激勵彼此。

□ 試合に_____たら、100万円やろう。

如果比賽贏了，就給你100萬圓。

□ 方法がわからず、_____しました。

不知道方法以致失敗。

□ がんばれよ。ぜったい_____なよ。

加油喔！千萬別輸了！

---

⑨ すべる　　⑩ 投げて　　⑪ 試合　　⑫ 競争
⑬ 勝つ　　⑭ 失敗　　⑮ 負ける

1 自然與氣象

001 □□□ □□□	枝 えだ	名 樹枝；分枝	類 梢（樹梢） こずえ
002 □□□ □□□	草 くさ	名 草	類 若草（嫩草） わかくさ
003 □□□ □□□	葉 は	名 葉子，樹葉	類 葉っぱ（葉子） は
004 □□□ □□□	開く ひら	他五 綻放；拉開	類 開く（開） あ 對 閉まる（關門） し
005 □□□ □□□	植える う	他下一 種植；培養	類 栽培（栽種） さいばい 對 自生（野生） じせい
006 □□□ □□□	折れる お	自下一 折彎；折斷	類 曲がる（拐彎） ま
007 □□□ □□□	雲 くも	名 雲	類 白雲（白雲） しらくも
008 □□□ □□□	月 つき	名 月亮	類 満月（滿月） まんげつ 對 日（太陽） ひ
009 □□□ □□□	星 ほし	名 星星	類 スター（star ／ 星星）
010 □□□ □□□	地震 じしん	名 地震	類 地動（地震） ちどう
011 □□□ □□□	台風 たいふう	名 颱風	
012 □□□ □□□	季節 きせつ	名 季節	類 四季（四季） しき
013 □□□ □□□	冷える ひ	自下一 變冷；變冷淡	類 冷める（<熱的>變涼） さ 對 暖まる（感到溫暖） あたた
014 □□□ □□□	やむ	自五 停止	類 終わる（結束） お 對 始まる（開始） はじ

⑫ <ruby>季節<rt>きせつ</rt></ruby>

③ <ruby>葉<rt>は</rt></ruby>

① <ruby>枝<rt>えだ</rt></ruby>

⑭ やむ

② <ruby>草<rt>くさ</rt></ruby>

雨停了

⑤ <ruby>植<rt>う</rt></ruby>える

⑪ <ruby>台風<rt>たいふう</rt></ruby>

⑥ <ruby>折<rt>お</rt></ruby>れる

⑧ <ruby>月<rt>つき</rt></ruby>

⑨ <ruby>星<rt>ほし</rt></ruby>

是地牛

⑩ <ruby>地震<rt>じしん</rt></ruby>

⑦ <ruby>雲<rt>くも</rt></ruby>

④ <ruby>開<rt>ひら</rt></ruby>く

⑬ <ruby>冷<rt>ひ</rt></ruby>える

LEVEL 4

001	枝（えだ）	☐ 樹枝；分枝
002	草（くさ）	☐ 草
003	葉（は）	☐ 葉子，樹葉
004	開く（ひらく）	☐ 綻放；拉開
005	植える（うえる）	☐ 種植；培養
006	折れる（おれる）	☐ 折彎；折斷
007	雲（くも）	☐ 雲
008	月（つき）	☐ 月亮
009	星（ほし）	☐ 星星
010	地震（じしん）	☐ 地震
011	台風（たいふう）	☐ 颱風
012	季節（きせつ）	☐ 季節
013	冷える（ひえる）	☐ 變冷；變冷淡
014	やむ	☐ 停止

☐ _____を切ったので、遠くの山が見えるようになった。

由於砍掉了樹枝，可以看到遠山了。

☐ _____を取って、歩きやすいようにした。

把草拔掉，以方便行走。

☐ この木の_____は、あの木の_____より黄色いです。

這樹葉，比那樹葉還要黃。

☐ ばらの花が_____だした。

玫瑰花綻放開來了。

☐ 花の種をさしあげますから、_____みてください。

我送你花的種子，你試種看看。

☐ 台風で、枝が_____かもしれない。

樹枝或許會被颱風吹斷。

☐ 白い煙がたくさん出て、_____のようだ。

冒出了很多白煙，像雲一般。

☐ 今日は、_____がきれいです。

今天的月亮很漂亮。

☐ 山の上では、_____がたくさん見えるだろうと思います。

我想在山上應該可以看到很多的星星吧！

☐ _____の時はエレベーターに乗るな。

地震的時候不要搭電梯。

☐ _____が来て、風が吹きはじめた。

颱風來了，開始刮起風了。

☐ 今の_____は、とても過ごしやすい。

現在這季節很舒服。

☐ 夜は_____のに、毛布がないのですか。

晚上會降溫，沒有毛毯嗎？

☐ 雨が_____だら、でかけましょう。

如果雨停了，就出門吧！

---

⑧ 月　⑨ 星　⑩ 地震　⑪ 台風
⑫ 季節　⑬ 冷える　⑭ やん

015	はやし 林	名 樹林；（轉）事物集中貌
016	もり 森	名 樹林
017	ひかり 光	名 光亮，光線；（喻）光明，希望；威力，光榮
018	ひか 光る	自五 發光，發亮；出眾
019	うつ 映る	自五 映照
020	おや	感 哎呀
021	どんどん	副 連續不斷，接二連三；（炮鼓等連續不斷的聲音）咚咚；（進展）順利；（氣勢）旺盛

くも
雲

指天空中的雲。

くも
曇り

指烏雲密佈的天氣狀況。

□ _____の中の小道を散歩する。
<small>なか　こみち　さんぽ</small>

在林間小道上散步。

□ _____に入る。
<small>はい</small>

走進森林。

□ _____を発する。
<small>はっ</small>

發光。

□ 星が_____。
<small>ほし</small>

星光閃耀。

□ 水に_____。
<small>みず</small>

倒映水面。

□ _____、雨だ。
<small>あめ</small>

哎呀！下雨了！

□ 水が_____流れる。
<small>みず　　　　　　　　　なが</small>

水嘩啦嘩啦不斷地流。

你週末都在做什麼呢？

週末は何をしてるんですか？
<small>しゅうまつ　なに</small>

我偶爾會去泡泡溫泉。

たまに温泉に行ったりします。
<small>おんせん　い</small>

真是不錯啊。我最近開始學柔道了。

いいですね。私は最近、柔道を習い始めたんです。
<small>わたし　さいきん　じゅうどう　なら　はじ</small>

どんどん

LEVEL 4

001	空気 くうき	名 空氣；氣氛	類 雰囲気（氣氛） ふんいき
002	火 ひ	名 火	類 炎（火焰） ほのお
003	石 いし	名 石頭	類 岩石（岩石） がんせき
004	砂 すな	名 沙	類 砂子（沙子） すなご
005	ガソリン 【gasoline】	名 汽油	類 燃料（燃料） ねんりょう
006	ガラス【(荷) glas】	名 玻璃	類 グラス（glass／ 玻璃）
007	絹 きぬ	名 絲	類 織物（紡織品） おりもの
008	ナイロン 【nylon】	名 尼龍	類 生地（布料） きじ
009	木綿 もめん	名 棉	類 生地（布料） きじ
010	ごみ	名 垃圾	類 塵（小垃圾） ちり
011	捨てる す	他下一 丟掉，拋棄；放棄	類 破棄（廢棄） はき
012	固い／硬い／ かた　　かた 堅い かた	形 堅硬	

☐ その町は、_____がきれいですか。

那個小鎮空氣好嗎？

☐ まだ、_____をつけちゃいけません。

還不可以點火。

☐ 池に_____を投げるな。

不要把石頭丟進池塘裡。

☐ 雪がさらさらして、_____のようだ。

沙沙的雪，像沙子一般。

☐ _____を入れなくてもいいんですか。

不加油沒關係嗎？

☐ _____は、プラスチックより弱いです。

玻璃比塑膠容易破。

☐ 彼女の誕生日に、_____のスカーフをあげました。

女朋友生日，我送了絲質的絲巾給她。

☐ _____の丈夫さが、女性のファッションを変えた。

尼龍的耐用性，改變了女性的時尚。

☐ 友だちに、_____の靴下をもらいました。

朋友送我棉質襪。

☐ 道に_____を捨てるな。

別把垃圾丟在路邊。

☐ いらないものは、_____しまってください。

不要的東西，請全部丟掉！

☐ 鉄のように_____。

如鋼鐵般堅硬。

---

07 絹
きぬ

04 ナイロン

05 木綿
もめん

10 ごみ

11 捨てて
す

12 硬い
かた

1 烹調與食物味道

001	漬ける つ	他下一 浸泡；醃	類 浸す（浸泡） ひた
002	包む つつ	他五 包住，包起來；隱藏	類 被せる（蓋上） かぶ 對 現す（顯露） あらわ
003	焼く や	他五 焚燒；烤	類 焙る（用火烘烤） あぶ
004	焼ける や	自下一 烤熟；（被）烤熟	類 焦げる（燒焦） こ
005	沸かす わ	他五 煮沸；使沸騰	類 温める（加熱） あたた
006	沸く わ	自五 煮沸，煮開；興奮	類 料理（做菜） りょう り
007	味 あじ	名 味道	類 味わい（味道） あじ
008	味見 あじ み	名・自サ 試吃，嚐味道	類 試食（試吃） し しょく
009	匂い にお	名 味道；風貌	類 香気（香味） こう き
010	苦い にが	形 苦；痛苦	類 つらい（痛苦的）
011	柔らかい やわ	形 柔軟的	
012	大匙 おおさじ	名 大匙，湯匙	
013	小匙 こ さじ	名 小匙，茶匙	
014	コーヒーカップ 【coffee cup】	名 咖啡杯	
015	ラップ 【wrap】	名・他サ 包裝紙；保鮮膜	

④ 焼ける（や）

① 漬ける（つ）

⑩ 苦い（にが）

⑧ 味見（あじみ）

⑫ 大匙（おおさじ）

⑥ 沸く（わ）

⑤ 沸かす（わ）

⑬ 小匙（こさじ）

② 包む（つつ）

③ 焼く（や）

⑨ 匂い（にお）

⑭ コーヒーカップ

⑮ ラップ

⑦ 味（あじ）

⑪ 柔らかい（やわ）

001	漬<ruby>つ</ruby>ける	□ 浸泡；醃
002	包<ruby>つつ</ruby>む	□ 包住，包起來；隱藏
003	焼<ruby>や</ruby>く	□ 焚燒；烤
004	焼<ruby>や</ruby>ける	□ 烤熟；（被）烤熟
005	沸<ruby>わ</ruby>かす	□ 煮沸；使沸騰
006	沸<ruby>わ</ruby>く	□ 煮沸，煮開；興奮
007	味<ruby>あじ</ruby>	□ 味道
008	味見<ruby>あじみ</ruby>	□ 試吃，嚐味道
009	匂<ruby>にお</ruby>い	□ 味道；風貌
010	苦<ruby>にが</ruby>い	□ 苦；痛苦
011	柔<ruby>やわ</ruby>らかい	□ 柔軟的
012	大匙<ruby>おおさじ</ruby>	□ 大匙，湯匙
013	小匙<ruby>こさじ</ruby>	□ 小匙，茶匙
014	コーヒーカップ【coffee cup】	□ 咖啡杯
015	ラップ【wrap】	□ 包裝紙；保鮮膜

參考答案　① 漬<ruby>つ</ruby>ける　② 包<ruby>つつ</ruby>んで　③ 焼<ruby>や</ruby>き　④ 焼<ruby>や</ruby>け
⑤ 沸<ruby>わ</ruby>か　⑥ 沸<ruby>わ</ruby>いて　⑦ 味<ruby>あじ</ruby>　⑧ 味見<ruby>あじみ</ruby>

LEVEL 4

□ 母は、果物を酒に＿＿＿＿＿ように言った。

媽媽說要把水果醃在酒裡。

□ 必要なものを全部＿＿＿＿＿おく。

先把要用的東西全包起來。

□ 肉を＿＿＿＿＿すぎました。

肉烤過頭了。

□ ケーキが＿＿＿＿＿たら、お呼びいたします。

蛋糕烤好後我會叫您的。

□ ここでお湯が＿＿＿＿＿せます。

這裡可以將水煮開。

□ お湯が＿＿＿＿＿から、ガスをとめてください。

等熱水開了，就請把瓦斯關掉。

□ 彼によると、このお菓子はオレンジの＿＿＿＿＿がするそうだ。

聽他說這糕點有柳橙味。

□ ちょっと＿＿＿＿＿をしてもいいですか。

我可以嚐一下味道嗎？

□ この花は、その花ほどいい＿＿＿＿＿ではない。

這朵花不像那朵花味道那麼香。

□ 食べてみましたが、ちょっと＿＿＿＿＿です。

試吃了一下，覺得有點苦。

□ ＿＿＿＿＿毛布。

柔軟的毛毯。

□ 火をつけたら、まず油を＿＿＿＿＿一杯入れます。

開了火之後，首先加入一大匙的油。

□ 塩は＿＿＿＿＿半分で十分です。

鹽只要加小湯匙一半的份量就足夠了。

□ ＿＿＿＿＿＿＿を集めています。

我正在收集咖啡杯。

□ 野菜を＿＿＿＿＿する。

用保鮮膜將蔬菜包起來。

⑨ 匂い ⑩ 苦かった ⑪ 柔らかい ⑫ 大匙
⑬ 小匙 ⑭ コーヒーカップ ⑮ ラップ

2 用餐與食物

 18

001 夕飯 （ゆうはん）	名 晚飯	類 晚飯 ばんめし（晚餐） 對 朝飯 あさめし（早餐）
002 空く （す）	自五 飢餓	類 空腹 くうふく（空腹） 對 満腹 まんぷく（吃飽）
003 支度 （し たく）	名・自サ 準備	類 用意 ようい（準備）
004 準備 （じゅん び）	名・他サ 準備	類 予備 よび（預備）
005 用意 （よう い）	名・他サ 準備	類 支度 したく（準備）
006 食事 （しょく じ）	名・自サ 用餐，吃飯	類 ご飯 はん（用餐）
007 噛む （か）	他五 咬	類 咀嚼 そ しゃく（咀嚼）
008 残る （のこ）	自五 剩餘，剩下	類 余剰 よ じょう（剩下）
009 食料品 （しょくりょうひん）	名 食品	類 食べ物 た もの（食物） 對 飲み物 の もの（飲料）
010 米 （こめ）	名 米	類 ご飯 はん（米飯）
011 味噌 （み そ）	名 味噌	
012 ジャム【jam】	名 果醬	
013 湯 （ゆ）	名 開水，熱水	類 熱湯 ねっとう（熱水） 對 水 みず（冷水）
014 葡萄 （ぶ どう）	名 葡萄	類 グレープ（grape／葡萄）

☐ 叔母は、いつも＿＿＿＿＿＿＿を食べさせてくれる。

叔母總是做晚飯給我吃。

☐ おなかも＿＿＿＿＿＿＿し、のどもかわきました。

肚子也餓了，口也渴了。

☐ 旅行の＿＿＿＿＿＿＿をしなければなりません。

我得準備旅行事宜。

☐ 早く明日の＿＿＿＿＿＿＿をしなさい。

趕快準備明天的事！

☐ 食事をご＿＿＿＿＿＿＿いたしましょうか。

我來為您準備餐點吧？

☐ ＿＿＿＿＿＿＿をするために、レストランへ行った。

為了吃飯，去了餐廳。

☐ 犬に＿＿＿＿＿＿＿れました。

被狗咬了。

☐ みんなあまり食べなかったために、食べ物が＿＿＿＿＿＿＿。

因為大家都不怎麼吃，所以食物剩了下來。

☐ パーティーのための＿＿＿＿＿＿＿を買わなければなりません。

得去買派對用的食品。

☐ 台所に＿＿＿＿＿＿＿があるかどうか、見てきてください。

你去看廚房裡是不是還有米。

☐ この料理は、＿＿＿＿＿＿＿を使わなくてもかまいません。

這道菜不用味噌也行。

☐ あなたに、いちごの＿＿＿＿＿＿＿を作ってあげる。

我做草莓果醬給你。

☐ ＿＿＿＿＿＿＿をわかすために、火をつけた。

為了燒開水，點了火。

☐ 隣のうちから、＿＿＿＿＿＿＿をいただきました。

隔壁的鄰居送我葡萄。

---

⑩ 残った　⑨ 食料品　⑩ 米　⑪ 味噌

⑫ ジャム　⑬ 湯　⑭ ぶどう

3 餐廳用餐

001	がいしょく 外食	名・自サ 外食，在外用餐	對 內食（在家吃飯）
002	ごちそう 御馳走	名・他サ 請客；豐盛佳餚	類 料理（烹調）
003	きつえんせき 喫煙席	名 吸煙席，吸煙區	
004	きんえんせき 禁煙席	名 禁煙席，禁煙區	
005	えんかい 宴会	名 宴會，酒宴	類 宴（宴會）
006	ごう 合コン	名 聯誼	類 合同コンパ（聯誼）
007	かんげいかい 歓迎会	名 歡迎會，迎新會	
008	そうべつかい 送別会	名 送別會	
009	た ほうだい 食べ放題	名 吃到飽，盡量吃，隨意吃	類 食い放題（吃到飽）
010	の ほうだい 飲み放題	名 喝到飽，無限暢飲	
011	おつまみ	名 下酒菜，小菜	類 つまみもの（下酒菜）
012	サンドイッチ 【sandwich】	名 三明治	

がいしょく
外食

ごちそう

きつえんせき
喫煙席

きんえんせき
禁煙席

えんかい
宴会

ごう
合コン

□ 週に１回、家族で＿＿＿＿＿します。

毎週全家人在外面吃飯一次。

□ ＿＿＿＿＿がなくてもいいです。

沒有豐盛的佳餚也無所謂。

□ ＿＿＿＿＿はありますか。

請問有吸煙座位嗎？

□ ＿＿＿＿＿をお願いします。

麻煩你，我要禁煙區的座位。

□ 年末は、＿＿＿＿＿が多いです。

歲末時期宴會很多。

□ 大学生は＿＿＿＿＿に行くのが好きですねえ。

大學生還真是喜歡參加聯誼呢。

□ 今日は、新入生の＿＿＿＿＿があります。

今天有舉辦新生的歡迎會。

□ 課長の＿＿＿＿＿が開かれます。

舉辦課長的送別會。

□ ＿＿＿＿＿ですから、みなさん遠慮なくどうぞ。

這家店是吃到飽，所以大家請不用客氣盡量吃。

□ 一人2000円で＿＿＿＿＿になります。

一個人2000圓就可以無限暢飲。

□ 適当に＿＿＿＿＿を頼んでください。

請隨意點一些下酒菜。

□ ＿＿＿＿＿を作ってさしあげましょうか。

幫您做份三明治吧？

⑦ 歓迎会　⑧ 送別会　⑨ 食べ放題
⑩ 飲み放題　⑪ おつまみ　⑫ サンドイッチ

013	ケーキ【cake】	名 蛋糕
014	サラダ【salad】	名 沙拉
015	ステーキ【steak】	名 牛排
016	天^{てん}ぷら	名 天婦羅
017	～方^{かた}	接尾 …方法
018	大嫌^{だいきら}い	形動 極不喜歡，最討厭
019	代^かわりに	副 代替，替代；交換
020	レジ【register】	名 收銀台

哪裡不一樣呢

空^すく

肚子餓，空間裡人或物存在的數量很少。

空^あく

出現空缺、空隙。

參考答案　ケーキ　　　サラダ　　　ステーキ
　　　　　天^{てん}ぷら　　　～方^{かた}　　　大嫌^{だいきら}い

□ _____を作る。
做蛋糕。

□ _____を作る。
做沙拉。

□ _____を食べる。
吃牛排。

□ _____を食べる。
吃天婦羅。

□ 作り_____を学ぶ。
學習做法。

□ _____な食べ物。
最討厭的食物。

□ 米の_____なる食料。
米食的替代食品。

□ _____で勘定する。
到收銀台結帳。

 萬用會話

我昨天睡前很想吃消夜。

昨日寝る前に、なんだか夜食を食べたくなっちゃった。

咦？昨天晚餐不是吃了牛排嗎？

え、でも夕食でステーキ食べたんじゃないか。

吃了還是馬上就餓了呀。

食べたけど、すぐにお腹が空いちゃうんだよね。

⑲ 代わりに   ⑳ レジ

服裝配件與素材

001	着物 きもの	名 衣服；和服	類 和服（和服） 對 洋服（西服）
002	下着 したぎ	名 內衣，貼身衣物	類 肌着（貼身衣物） 對 上着（上衣）
003	オーバー【over （coat）之略】	名 大衣	類 コート（coat／大衣）
004	手袋 てぶくろ	名 手套	類 足袋（日式短布襪）
005	イヤリング 【earring】	名 耳環	類 耳飾り（耳環）
006	財布 さいふ	名 錢包	類 金入れ（錢包）
007	濡れる ぬ	自下一 淋濕	類 潤う（滋潤） 對 乾く（乾燥）
008	汚れる よご	自下一 髒污；齷齪	類 汚れる（弄髒）
009	サンダル 【sandal】	名 涼鞋	
010	履く は	他五 穿（鞋、襪）	
011	指輪 ゆびわ	名 戒指	類 リング（ring／戒指）
012	糸 いと	名 線；（三弦琴的）弦	類 毛糸（毛線）
013	毛 け	名 毛線，毛織物，動物的毛	
014	線 せん	名 線	類 ライン（line／線）

② 下着（したぎ）

⑪ 指輪（ゆびわ）

① 着物（きもの）

⑬ 毛（け）

⑫ 糸（いと）

③ オーバー

⑨ サンダル

⑥ 財布（さいふ）

④ 手袋（てぶくろ）

⑭ 線（せん）

⑩ 履く（は）

⑤ イヤリング

⑦ 濡れる（ぬ）

⑧ 汚れる（よご）

JLPT

LEVEL 4

001 着物（き もの）	□ 衣服；和服
002 下着（した ぎ）	□ 內衣，貼身衣物
003 オーバー【over（coat）之略】	□ 大衣
004 手袋（て ぶくろ）	□ 手套
005 イヤリング【earring】	□ 耳環
006 財布（さい ふ）	□ 錢包
007 濡れる（ぬ）	□ 淋濕
008 汚れる（よご）	□ 髒污；齷齪
009 サンダル【sandal】	□ 涼鞋
010 履く（は）	□ 穿（鞋、襪）
011 指輪（ゆび わ）	□ 戒指
012 糸（いと）	□ 線；（三弦琴的）弦
013 毛（け）	□ 毛線，毛織物，動物的毛
014 線（せん）	□ 線

参考答案　着物（き もの）　　　下着（した ぎ）　　　□ オーバー　　　手袋（て ぶくろ）
　　　　　イヤリング　　　財布（さい ふ）　　　濡れて（ぬ）

□ _____とドレスと、どちらのほうが素敵^{てき}ですか。

和服與洋裝，哪一件比較漂亮？

□ 木綿^{もめん}の_____は洗^{あら}いやすい。

棉質內衣好清洗。

□ この黒^{くろ}い_____にします。

我要這件黑大衣。

□ 彼女^{かのじょ}は、新^{あたら}しい_____を買^かったそうだ。

聽説她買了新手套。

□ _____を一^{ひと}つ落^おとしてしまいました。

我不小心弄丟了一個耳環。

□ 彼女^{かのじょ}の_____は重^{おも}そうです。

她的錢包好像很重的樣子。

□ 雨^{あめ}のために、_____しまいました。

被雨淋濕了。

□ _____シャツを洗^{あら}ってもらいました。

我請他幫我把髒了的襯衫拿去送洗了。

□ 涼^{すず}しいので、靴^{くつ}ではなくて_____にします。

為了涼快，所以不穿鞋子改穿涼鞋。

□ 靴^{くつ}を_____まま、入^{はい}らないでください。

請勿穿著鞋進入。

□ 記念^{きねん}の_____がほしいかい？

想要戒指做紀念嗎？

□ _____と針^{はり}を買^かいに行^いくところです。

正要去買線和針。

□ このセーターはウサギの_____で編^あんだものです。

這件毛衣是用兔毛編織而成的。

□ 先生^{せんせい}は、間違^{まちが}っている言葉^{ことば}を_____で消^けすように言^いいました。

老師了，説錯誤的字彙要劃線去掉。

---

⑨ 汚^{よご}れた　　⑩ サンダル　　⑩ 履^はいた　　⑪ 指輪^{ゆびわ}

⑫ 糸^{いと}　　⑬ 毛^け　　⑭ 線^{せん}

015 アクセサリー【accessary】	名 飾品，裝飾品	
016 スーツ【suit】	名 套裝	
017 ソフト【soft】	名・形動 柔軟，軟的；軟體	
018 ハンドバッグ【handbag】	名 手提包	
019 付ける	他下一 裝上，附上；塗上；貼近	
020 玩具	名 玩具	

履く

主要用於腳部的穿戴。

穿く

主要用於身體部位的穿戴。

☐ ＿＿＿＿＿＿＿＿＿＿をつける。

戴上飾品。

☐ ＿＿＿＿＿＿＿を着^きる。

穿套裝。

☐ ＿＿＿＿＿＿＿な感^{かん}じ。

柔和的感覺。

☐ ＿＿＿＿＿＿＿＿＿＿を買^かう。

買手提包。

☐ 壁^{かべ}に耳^{みみ}を＿＿＿＿＿＿＿。

把耳朵貼在牆上。

☐ ＿＿＿＿＿＿＿を買^かう。

買玩具。

慣用會話

抱歉，讓你久等了。

ごめんね。待^またせちゃった。

你該不會是睡過頭了吧？小櫻。

寝坊^{ねぼう}したの？桜^{さくら}ちゃん。

不是的，我遲遲沒辦法決定要穿什麼衣服……

ううん、どの服^{ふく}を着^きるか決^きめられなくてさ。

1 內部格局與居家裝潢

001	屋上 おくじょう	名 屋頂	類 ルーフ（roof ／屋頂）
002	壁 かべ	名 牆壁；障礙	類 隔て（隔開物）
003	水道 すいどう	名 自來水管	類 上水道（自來水管）
004	応接間 おうせつま	名 會客室	
005	畳 たたみ	名 榻榻米	
006	押し入れ／押入れ お い おしい	名 （日式的）壁櫥	類 押し込み（壁櫥）
007	引き出し ひ だ	名 抽屜	
008	布団 ふとん	名 棉被	類 寝具（寝具）
009	カーテン 【curtain】	名 窗簾	類 幕（帷幕）
010	掛ける か	他下一 吊掛（「かけ」為ます形，加上句型「お～ください」表下對上的請求）	類 ぶら下がる（懸、垂吊）
011	掛ける か	他下一 坐下（「かけ」為ます形，加上句型「お～ください」表下對上的請求）	類 座る（坐下）
012	飾る かざ	他五 擺飾，裝飾	類 装う（穿戴）
013	向かう む	自五 面向	

⑩ 掛_かける ① 屋上_{おくじょう} ③ 水道_{すいどう} ⑥ 押_おし入_いれ／押入_{おしい}れ

⑨ カーテン

② 壁_{かべ}

⑧ 布団_{ふとん}

⑫ 飾_{かざ}る

⑪ 掛_かける

⑤ 畳_{たたみ} ④ 応接間_{おうせつま} ⑦ 引_ひき出_だし

⑬ 向_むかう

001	屋上 <ruby>おくじょう</ruby>	☐ 屋頂
002	壁 <ruby>かべ</ruby>	☐ 牆壁；障礙
003	水道 <ruby>すいどう</ruby>	☐ 自來水管
004	応接間 <ruby>おうせつま</ruby>	☐ 會客室
005	畳 <ruby>たたみ</ruby>	☐ 榻榻米
006	押し入れ／押入れ <ruby>お い／おし い</ruby>	☐ （日式的）壁櫥
007	引き出し <ruby>ひ だ</ruby>	☐ 抽屜
008	布団 <ruby>ふ とん</ruby>	☐ 棉被
009	カーテン【curtain】	☐ 窗簾
010	掛ける <ruby>か</ruby>	☐ 吊掛（「かけ」為ます形，加上句型「お〜ください」表下對上的請求）
011	掛ける <ruby>か</ruby>	☐ 坐下（「かけ」為ます形，加上句型「お〜ください」表下對上的請求）
012	飾る <ruby>かざ</ruby>	☐ 擺飾，裝飾
013	向かう <ruby>む</ruby>	☐ 面向

參考答案　屋上 <ruby>おくじょう</ruby>　　壁 <ruby>かべ</ruby>　　水道 <ruby>すいどう</ruby>　　応接間 <ruby>おうせつま</ruby>
　　　　　畳 <ruby>たたみ</ruby>　　押し入れ <ruby>お い</ruby>　　引き出し <ruby>ひ だ</ruby>　　布団 <ruby>ふ とん</ruby>

☐ _____でサッカーをすることができます。

頂樓可以踢足球。

☐ 子どもたちに、_____に絵をかかないように言った。

已經告訴小孩不要在牆上塗鴉。

☐ _____の水が飲めるかどうか知りません。

不知道自來水管的水是否可以飲用？

☐ _____の花に水をやってください。

會客室裡的花澆一下水。

☐ このうちは、_____の匂いがします。

這屋子散發著榻榻米的味道。

☐ その本は、_____にしまっておいてください。

請將那本書收進壁櫥裡。

☐ _____の中には、鉛筆とかペンとかがあります。

抽屜中有鉛筆跟筆等。

☐ _____をしいて、いつでも寝られるようにした。

鋪好棉被，以便隨時可以睡覺。

☐ _____をしめなくてもいいでしょう。

不拉上窗簾也沒關係吧！

☐ ここにコートをお_____ください。

請把外套掛在這裡。

☐ こちらにお_____になってお待ちくださいませ。

請您坐在這裡稍待一下。

☐ 花をそこにそう_____ときれいですね。

花像那樣擺在那裡，就很漂亮了。

☐ 鏡に_____。

對著鏡子。

---

⑩ カーテン   ⑩ 掛け   ⑪ 掛け

⑫ 飾る   ⑬ 向かう

001	建てる た	他下一 建造	類 建築（建造） けんちく
002	ビル【building】	名 高樓，大廈	類 建築物（建築物） けんちくぶつ
003	エスカレー ター【escalator】	名 自動手扶梯	
004	お宅 たく	名 您府上，貴宅；您， 您那裡	類 お住まい（<敬> 住所）す
005	住所 じゅうしょ	名 地址	類 居所（<文>住處） い どころ
006	近所 きんじょ	名 附近	類 辺り（附近） あた
007	留守 る す	名・他サ 不在家；看家	類 不在（不在家） ふ ざい
008	移る うつ	自五 遷移；轉移；移動；傳染（「う つり」為ます形，用句型「お～ ください」表下對上的請求）	類 動かす（活動） うご 對 とめる（停止）
009	引っ越す ひ こ	自サ 搬家	類 引き移る（遷移） ひ うつ
010	下宿 げ しゅく	名・自サ 寄宿，住宿	類 貸間（出租的房間） かし ま
011	生活 せいかつ	名・自サ 生活	類 暮らし（生活） く
012	生ごみ なま	名 廚餘，有機垃圾，有 水分的垃圾	
013	燃えるごみ も	名 可燃垃圾	
014	不便 ふ べん	形動 不方便	類 不自由（不自由） ふ じ ゆう 對 便利（方便） べん り
015	二階建て に かい だ	名 二層建築	

□ こんな家を＿＿＿＿＿＿たいと思います。

我想蓋這樣的房子。

□ この＿＿＿＿＿＿は、あの＿＿＿＿＿＿より高いです。

這棟大廈比那棟大廈高。

□ 駅に＿＿＿＿＿＿＿＿をつけることになりました。

車站決定設置自動手扶梯。

□ うちの息子より、＿＿＿＿＿＿の息子さんのほうがまじめです。

你家兒子比我家兒子認真。

□ 私の＿＿＿＿＿＿をあげますから、手紙をください。

給你我的地址，請寫信給我。

□ ＿＿＿＿＿＿の人が、りんごをくれました。

鄰居送了我蘋果。

□ 遊びに行ったのに、＿＿＿＿＿＿だった。

我去找他玩，他卻不在家。

□ あちらの席にお＿＿＿＿＿＿ください。

請移到那邊的座位。

□ 大阪に＿＿＿＿＿＿＿＿ことにしました。

決定搬到大阪了。

□ ＿＿＿＿＿＿の探し方がわかりません。

不知道如何尋找住的公寓。

□ どんなところでも＿＿＿＿＿＿できます。

我不管在哪裡都可以生活。

□ ＿＿＿＿＿＿は一般のごみと分けて捨てます。

廚餘要跟一般垃圾分開來丟棄。

□ ＿＿＿＿＿＿＿＿は、火曜日に出さなければいけません。

可燃垃圾只有星期二才可以丟。

□ この機械は、＿＿＿＿＿＿すぎます。

這機械太不方便了。

□ ＿＿＿＿＿＿＿＿の家。

兩層樓的家。

---

⑨ 引っ越す   ⑩ 下宿   ⑪ 生活   ⑫ 生ごみ

⑬ 燃えるごみ   ⑭ 不便   ⑮ 二階建て

001	かがみ 鏡	名 鏡子	類 ミラー（mirror ／鏡子）
002	たな 棚	名 架子，棚架	類 本棚（書架）
003	スーツケース 【suitcase】	名 手提旅行箱	類 トランク（trunk ／旅行大提包）
004	れいぼう 冷房	名・他サ 冷氣	
005	だんぼう 暖房	名 暖氣	類 ヒート（heat ／熱氣） 對 冷房（冷氣設備）
006	でんとう 電灯	名 電燈	類 明かり（燈）
007	ガスコンロ【(荷) gas+ 焜炉】	名 瓦斯爐，煤氣爐	
008	かんそうき 乾燥機	名 乾燥機，烘乾機	
009	ステレオ 【stereo】	名 音響	類 レコード（record ／唱片）
010	けいたいでんわ 携帯電話	名 手機，行動電話	類 ケータイ（手機）
011	ベル【bell】	名 鈴聲	類 鈴（鈴鐺）
012	な 鳴る	自五 響，叫	類 響く（聲響）
013	どうぐ 道具	名 工具；手段	類 器具（器具）
014	きかい 機械	名 機械	類 機関（機械）
015	タイプ【type】	名 款式；類型；打字	類 形式（形式）

參考答案

かがみ 鏡	たな 棚	スーツケース	れいぼう 冷房
だんぼう 暖房	てんとう 電灯	ガスコンロ	かんそうき 乾燥機

☐ _____なら、そこにあります。

如果要鏡子，就在那裡。

☐ _____を作って、本を置けるようにした。

做了架子，以便放書。

☐ **親切な男性に、_____を持っていただきました。**

有位親切的男士，幫我拿了旅行箱。

☐ _____を点ける。

開冷氣。

☐ **暖かいから、_____をつけなくてもいいです。**

很溫暖的，所以不開暖氣也無所謂。

☐ **明るいから、_____をつけなくてもかまわない。**

天還很亮，不開電燈也沒關係。

☐ _____を使っています。

我正在使用瓦斯爐。

☐ **梅雨の時期は、_____が欠かせません。**

乾燥機是梅雨時期不可缺的工具。

☐ **彼に_____をあげたら、とても喜んだ。**

送他音響，他就非常高興。

☐ どこの_____を使っていますか。

請問你是用哪一個廠牌的手機呢？

☐ どこかで_____が鳴っています。

不知哪裡的鈴聲響著。

☐ ベルが_____はじめたら、書くのをやめてください。

鈴聲一響起，就請停筆。

☐ _____を集めて、いつでも使えるようにした。

收集了道具，以便隨時可以使用。

☐ _____のような音がしますね。

好像有機械轉動聲耶。

☐ **私はこの_____のパソコンにします。**

我要這種款式的電腦。

⑨ ステレオ ⑩ 携帯電話 ⑪ ベル ⑫ 鳴り
⑬ 道具 ⑭ 機械 ⑮ タイプ

4 使用道具

 24

001	点ける (つける)	他下一 打開（家電類）；點燃	類 点す（點燈） 對 消す（關掉）
002	点く (つく)	自五 點上，（火）點著	類 点る（點著） 對 消える（熄滅）
003	回る (まわる)	自五 轉動；走動；旋轉	類 巡る（循環）
004	運ぶ (はこぶ)	他五 運送，搬運；進行	類 運搬（搬運）
005	止める (とめる)	他下一 關掉，停止	類 停止（停止） 對 動かす（活動）
006	故障 (こしょう)	名・自サ 故障	類 壊れる（壞掉）
007	壊れる (こわれる)	自下一 壞掉，損壞；故障	類 故障（故障）
008	割れる (われる)	自下一 破掉，破裂	類 砕ける（破碎）
009	無くなる (なくなる)	自五 不見，遺失；用光了	類 無くす（不見）
010	取り替える (とりかえる)	他下一 交換；更換	類 入れ替える（更換）
011	直す (なおす)	他五 修理；改正；治療	類 修理（修理）
012	直る (なおる)	自五 修理；治好	類 復元（復原）

參考答案
つける　　　ついた　　　回る（まわ）
運んで（はこ）　止めて（と）　故障（こしょう）

□ クーラーを_____より、窓を開けるほうがいいでしょう。
與其開冷氣，不如打開窗戶來得好吧！

□ あの家は、夜も電気が_____ままだ。
那戶人家，夜裡燈也照樣點著。

□ 村の中を、あちこち_____ところです。
正要到村裡到處走動走動。

□ その商品は、店の人が_____くださるのです。
那個商品，店裡的人會幫我送過來。

□ その動きつづけている機械を_____ください。
請關掉那台不停轉動的機械。

□ 私のコンピューターは、_____しやすい。
我的電腦老是故障。

□ 台風で、窓が_____ました。
窗戶因颱風，而壞掉了。

□ 鈴木さんにいただいたカップが、_____しまいました。
鈴木送我的杯子，破掉了。

□ きのうもらった本が、_____しまった。
昨天拿到的書不見了。

□ 新しい商品と_____られます。
可以更換新產品。

□ 自転車を_____やるから、持ってきなさい。
我幫你修理腳踏車，去把它騎過來。

□ この車は、土曜日までに_____ますか。
這輛車星期六以前能修好嗎？

⑦ 壊れ　　⑧ 割れて　　⑨ なくなって
⑩ 取り替え　⑪ 直して　　⑫ 直り

1 各種機關與設施

001	床屋 とこや	名 理髮店；理髮師	
002	講堂 こうどう	名 禮堂	
003	会場 かいじょう	名 會場	類 催し物（集會）
004	事務所 じむしょ	名 辦公室	類 オフィス（office ／工作場所）
005	教会 きょうかい	名 教會	類 チャーチ（church ／教堂）
006	神社 じんじゃ	名 神社	類 神宮（＜位階較高的＞神社）
007	寺 てら	名 寺廟	類 寺院（寺廟）
008	動物園 どうぶつえん	名 動物園	
009	美術館 びじゅつかん	名 美術館	
010	駐車場 ちゅうしゃじょう	名 停車場	類 パーキング（parking ／停車場）
011	空港 くうこう	名 機場	類 飛行場（機場）
012	飛行場 ひこうじょう	名 機場	類 空港（機場）
013	港 みなと	名 港口，碼頭	類 港湾（港灣）
014	工場 こうじょう	名 工廠	類 工場（工廠）
015	スーパー【supermarket】之略	名 超級市場	

① とこや　床屋
② こうどう　講堂
③ かいじょう　会場
④ じむしょ　事務所
⑤ きょうかい　教会
⑥ じんじゃ　神社
⑦ てら　寺
⑧ どうぶつえん　動物園
⑨ びじゅつかん　美術館
⑩ ちゅうしゃじょう　駐車場
⑪ くうこう　空港
⑫ ひこうじょう　飛行場
⑬ みなと　港
⑭ こうじょう　工場
⑮ スーパー

MAP

001	床屋 とこや	☐ 理髮店；理髮師
002	講堂 こうどう	☐ 禮堂
003	会場 かいじょう	☐ 會場
004	事務所 じむしょ	☐ 辦公室
005	教会 きょうかい	☐ 教會
006	神社 じんじゃ	☐ 神社
007	寺 てら	☐ 寺廟
008	動物園 どうぶつえん	☐ 動物園
009	美術館 びじゅつかん	☐ 美術館
010	駐車場 ちゅうしゃじょう	☐ 停車場
011	空港 くうこう	☐ 機場
012	飛行場 ひこうじょう	☐ 機場
013	港 みなと	☐ 港口，碼頭
014	工場 こうじょう	☐ 工廠
015	スーパー 【supermarket】之略	☐ 超級市場

LEVEL 4

參考答案
床屋
とこや
講堂
こうどう
会場
かいじょう
事務所
じむしょ
教会
きょうかい
神社
じんじゃ
寺
てら
動物園
どうぶつえん

086

□ _____で髪を切ってもらいました。

在理髮店剪了頭髮。

□ みんなが_____に集まりました。

大家在禮堂集合。

□ 私も_____に入ることができますか。

我也可以進入會場嗎？

□ こちらが、会社の_____でございます。

這裡是公司的辦公室。

□ 明日、_____でコンサートがあるかもしれない。

明天教會也許有音樂會。

□ この_____は、祭りのときはにぎやからしい。

這個神社每逢慶典好像都很熱鬧。

□ 京都は、_____がたくさんあります。

京都有很多的寺廟。

□ _____の動物に食べ物をやってはいけません。

不可以餵食動物園裡的動物。

□ _____で絵葉書をもらいました。

在美術館拿了明信片。

□ _____に行くと、車がなかった。

一到停車場，發現車子不見了。

□ _____まで、送ってさしあげた。

送他到機場。

□ もう一つ_____ができるそうだ。

聽說要蓋另一座機場。

□ _____には、船がたくさんあるはずだ。

港口應該有很多船。

□ _____で働かせてください。

請讓我在工廠工作。

□ _____へ買い物に行く。

去超市買東西。

---

⑨ 美術館　　⑩ 駐車場　　⑪ 空港　　⑫ 飛行場

⑬ 港　　⑭ 工場　　⑮ スーパー

26

001	乗り物 (の もの)	名 交通工具	
002	オートバイ【auto+bicycle（和製英語）】	名 摩托車	類 バイク（bike／機車）
003	汽車 (き しゃ)	名 火車	類 鉄道（鐵路）
004	普通 (ふ つう)	名・形動 普通，平凡；普通車	類 一般（一般） 對 特別（特別）
005	急行 (きゅうこう)	名 急行；快車	類 急ぐ（急速）
006	特急 (とっきゅう)	名 火速；特急列車	對 普通（普通＜列車＞）
007	船／舟 (ふね／ふね)	名 船；舟，小型船	類 汽船（輪船）
008	ガソリンスタンド【gasoline+stand（和製英語）】	名 加油站	
009	交通 (こうつう)	名 交通	類 行き来（往來）
010	通り (とお)	名 道路，街道	類 道（通路）
011	事故 (じ こ)	名 意外，事故	類 出来事（事件）
012	工事中 (こう じ ちゅう)	名 施工中；（網頁）建製中	
013	忘れ物 (わす もの)	名 遺忘物品，遺失物	類 落し物（遺失物）
014	帰り (かえ)	名 回家途中	類 帰り道（歸途）
015	番線 (ばんせん)	名 軌道線編號，月台編號	

參考答案　乗り物(の もの)　オートバイ　汽車(き しゃ)　普通(ふ つう)
急行(きゅうこう)　特急(とっきゅう)　船(ふね)　ガソリンスタンド

☐ ＿＿＿＿＿＿に乗るより、歩くほうがいいです。

走路比搭交通工具好。

☐ その＿＿＿＿＿＿＿は、彼のらしい。

那台摩托車好像是他的。

☐ あれは、青森に行く＿＿＿＿＿らしい。

那好像是開往青森的火車。

☐ 急行は小宮駅には止まりません。＿＿＿＿＿列車をご利用ください。

快車不停小宮車站，請搭乘普通車。

☐ ＿＿＿＿＿に乗ったので、早く着いた。

因為搭乘快車，所以提早到了。

☐ ＿＿＿＿＿で行こうと思う。

我想搭特急列車前往。

☐ 飛行機は、＿＿＿＿＿より速いです。

飛機比船還快。

☐ あっちに＿＿＿＿＿＿＿がありそうです。

那裡好像有加油站。

☐ 東京は、＿＿＿＿＿が便利です。

東京交通便利。

☐ どの＿＿＿＿＿も、車でいっぱいだ。

不管哪條路，車都很多。

☐ ＿＿＿＿＿に遭ったが、ぜんぜんけがをしなかった。

遇到事故，卻毫髮無傷。

☐ この先は＿＿＿＿＿です。

前面正在施工中。

☐ あまり＿＿＿＿＿をしないほうがいいね。

最好別太常忘東西。

☐ 私は時々、＿＿＿＿＿におじの家に行くことがある。

我有時回家途中會去伯父家。

☐ 5＿＿＿＿＿の列車。

5 號月台的列車。

---

⑨ こうつう
交通

⑩ とお
通り

⑪ じこ
事故

⑫ こうじちゅう
工事中

⑬ わす もの
忘れ物

⑭ かえ
帰り

⑮ ばんせん
番線

3 交通相關

 27

001	一方通行 （いっぽうつうこう）	名 單行道；單向傳達	類 一方交通（單向交通）
002	内側 （うちがわ）	名 內部，內側，裡面	類 内部（內部） 對 外側（外側）
003	外側 （そとがわ）	名 外部，外面，外側	類 外部（外部） 對 内側（內部）
004	近道 （ちかみち）	名 捷徑，近路	類 近回り（抄近路） 對 回り道（繞遠路）
005	横断歩道 （おうだんほどう）	名 斑馬線	
006	席 （せき）	名 座位；職位	類 座席（座位）
007	運転席 （うんてんせき）	名 駕駛座	
008	指定席 （していせき）	名 劃位座，對號入座	對 自由席（自由座）
009	自由席 （じゆうせき）	名 自由座	對 指定席（對號座）
010	通行止め （つうこうど）	名 禁止通行，無路可走	
011	急ブレーキ （きゅう）	名 緊急剎車	
012	終電 （しゅうでん）	名 最後一班電車，末班車	類 最終電車（末班電車）
013	信号無視 （しんごうむし）	名 違反交通號誌，闖紅（黃）燈	
014	駐車違反 （ちゅうしゃいはん）	名 違規停車	

☐ 台湾は＿＿＿＿＿＿＿の道が多いです。

台灣有很多單行道。

☐ 危ないですから、＿＿＿＿＿を歩いた方がいいですよ。

這裡很危險，所以還是靠內側行走比較好喔。

☐ だいたい大人が＿＿＿＿＿、子どもが内側を歩きます。

通常是大人走在外側，小孩走在內側。

☐ 八百屋の前を通ると、＿＿＿＿＿ですよ。

過了蔬果店前面就是捷徑了。

☐ ＿＿＿＿＿を渡る時は、手をあげましょう。

要走過斑馬線的時候，把手舉起來吧。

☐ ＿＿＿＿＿につけ。

回位子坐好！

☐ ＿＿＿＿＿に座っているのが父です。

坐在駕駛座上的是家父。

☐ ＿＿＿＿＿ですから、急いでいかなくても大丈夫ですよ。

我是對號座，所以不用趕著過去也無妨。

☐ ＿＿＿＿＿ですから、席がないかもしれません。

因為是自由座，所以説不定會沒有位子。

☐ この先は＿＿＿＿＿です。

此處前方禁止通行。

☐ ＿＿＿＿＿をかけることがありますから、必ずシートベルトをしてください。

由於有緊急煞車的可能，因此請繫好您的安全帶。

☐ ＿＿＿＿＿は 12 時にここを出ます。

末班車將於 12 點由本站開出。

☐ ＿＿＿＿＿をして、警察につかまりました。

因為違反交通號誌，被警察抓到了。

☐ ここに駐車すると、＿＿＿＿＿になりますよ。

如果把車停在這裡，就會是違規停車喔。

---

⑯ 指定席 　⑰ 自由席 　⑱ 通行止め 　⑲ 急ブレーキ
⑳ 終電 　㉑ 信号無視 　㉒ 駐車違反

28

001	運転 うんてん	名・他サ 開車；周轉	類 動かす（移動） 對 止める（停住）
002	通る とお	自五 經過；通過；合格	類 通行（通行）
003	乗り換える の か	他下一 轉乘，換車（「のりかえ」為ます形，加上句型「お～ください」表下對上的請求）	
004	車内アナウンス【announce】 しゃない	名 車廂內廣播	類 車内放送（車廂廣播）
005	コインランドリー【coin-operated laundry】	名 投幣式洗衣機	
006	踏む ふ	他五 踩住，踩到	類 踏まえる（踩）
007	止まる と	自五 停止	類 休止（休止） 對 進む（前進）
008	拾う ひろ	他五 撿拾；叫車	類 拾得（拾得） 對 落とす（掉下）
009	下りる／降りる お お	自上一 下來；下車；退位	類 下る（下降） 對 上る（上升）
010	注意 ちゅう い	名・自サ 注意，小心	類 用心（警惕）
011	通う かよ	自五 上學，上班，通勤；來往，往來	類 通勤（上下班）
012	戻る もど	自五 回到；回到手頭；折回	類 帰る（回去） 對 進む（前進）
013	寄る よ	自五 順道去…；接近	類 立ち寄る（順道去）
014	空く あ	自五 空閒；某處變空	類 減る（減少） 對 込む（人多擁擠）
015	揺れる ゆ	自下一 搖動；動搖	

□ 車を_____しようとしたら、かぎがなかった。

正想開車，才發現沒有鑰匙。

□ 私は、あなたの家の前を_____ことがあります。

我有時會經過你家前面。

□ 新宿で JR にお _____ください。

請在新宿轉搭 JR 線。

□ _____が聞こえませんでした。

我當時聽不見車廂內廣播。

□ 駅前に行けば、_____がありますよ。

只要到車站前就會有投幣式洗衣機喔。

□ 電車の中で、足を_____れることはありますか。

在電車裡有被踩過腳嗎？

□ 今、ちょうど機械が_____ところだ。

現在機器剛停了下來。

□ 公園でごみを_____せられた。

被叫去公園撿垃圾。

□ この階段は_____やすい。

這個階梯很好下。

□ 車にご_____ください。

請注意車輛！

□ 学校に_____ことができて、まるで夢を見ているようだ。

能夠上學，簡直像作夢一樣。

□ こう行って、こう行けば、駅に_____れます。

這樣走，再這樣走下去，就可以回到車站。

□ 彼は、会社の帰りに喫茶店に_____たがります。

他回公司途中總喜歡順道去咖啡店。

□ 席が_____たら、座ってください。

如空出座位來，請坐下。

□ 車が_____。

車子晃動。

⑨ 下り　　⑩ 注意　　⑪ 通う　　⑫ 戻

⑬ 寄り　　⑭ 空い　　⑮ 揺れる

1 休閒、旅遊

001	遊び あそ	名 遊玩，玩耍；間隙	類 行楽（出遊） こうらく
002	小鳥 ことり	名 小鳥	
003	珍しい めずら	形 少見，稀奇	類 異例（沒有前例） いれい
004	釣る つ	他五 釣魚；引誘	類 釣り上げる（釣上 あ 來）
005	予約 よやく	名・他サ 預約	類 アポ（appointment 之略／預約）
006	出発 しゅっぱつ	名・自サ 出發；起步	類 スタート（start／出發） 對 到着（到達） とうちゃく
007	案内 あんない	名・他サ 陪同遊覽，帶路	類 ガイド（帶路）
008	見物 けんぶつ	名・他サ 觀光，參觀	類 観光（觀光） かんこう
009	楽しむ たの	他五 享受，欣賞，快樂； 以…為消遣；期待，盼望	
010	あんな	連體 那樣地	類 ああ（那樣）
011	景色 けしき	名 景色，風景	類 風景（風景） ふうけい
012	見える み	自下一 看見；看得見；看 起來	
013	旅館 りょかん	名 旅館	類 ホテル（hotel／ 飯店）
014	泊まる と	自五 住宿，過夜；（船） 停泊	
015	お土産 みやげ	名 當地名產；禮物	類 みやげ物（名產） もの

⑭ 泊まる（と）

⑪ 景色（けしき）

④ 釣る（つ）

⑬ 旅館（りょかん）

③ 珍しい（めずらしい）

⑮ お土産（みやげ）

② 小鳥（ことり）

⑩ あんな

⑫ 見える（み）

⑦ 案内（あんない）

① 遊び（あそび）

⑧ 見物（けんぶつ）

⑤ 予約（よやく）

⑥ 出発（しゅっぱつ）

⑨ 楽しむ（たの）

001	遊び ^{あそ}	☐ 遊玩，玩耍；間隙
002	小鳥 ^{こ とり}	☐ 小鳥
003	珍しい ^{めずら}	☐ 少見，稀奇
004	釣る ^つ	☐ 釣魚；引誘
005	予約 ^{よ やく}	☐ 預約
006	出発 ^{しゅっぱつ}	☐ 出發；起步
007	案内 ^{あんない}	☐ 陪同遊覽，帶路
008	見物 ^{けんぶつ}	☐ 觀光，參觀
009	楽しむ ^{たの}	☐ 享受，欣賞，快樂；以…為消遣； 期待，盼望
010	あんな	☐ 那樣地
011	景色 ^{け しき}	☐ 景色，風景
012	見える ^み	☐ 看見；看得見；看起來
013	旅館 ^{りょかん}	☐ 旅館
014	泊まる ^と	☐ 住宿，過夜；（船）停泊
015	お土産 ^{み やげ}	☐ 當地名產；禮物

參考答案　遊び^{あそ}　小鳥^{こ とり}　珍しい^{めずら}　釣る^つ
予約^{よ やく}　出発^{しゅっぱつ}　案内^{あんない}　見物^{けんぶつ}

☐ 勉強より、＿＿＿＿＿のほうが楽しいです。

玩樂比讀書有趣。

☐ ＿＿＿＿＿には、何をやったらいいですか。

餵什麼給小鳥吃好呢？

☐ 彼がそう言うのは、＿＿＿＿＿ですね。

他會那樣説倒是很稀奇。

☐ ここで魚を＿＿＿＿＿な。

不要在這裡釣魚。

☐ レストランの＿＿＿＿＿をしなくてはいけない。

得預約餐廳。

☐ なにがあっても、明日は＿＿＿＿＿します。

無論如何，明天都要出發。

☐ 京都を＿＿＿＿＿してさしあげました。

我陪同他遊覽了京都。

☐ 祭りを＿＿＿＿＿させてください。

請讓我參觀祭典。

☐ 音楽を＿＿＿＿＿。

欣賞音樂。

☐ 私だったら、＿＿＿＿＿ことはしません。

如果是我的話，才不會做那種事。

☐ どこか、＿＿＿＿＿のいいところへ行きたい。

想去風景好的地方。

☐ ここから東京タワーが＿＿＿＿＿はずがない。

從這裡不可能看得到東京鐵塔。

☐ 日本風の＿＿＿＿＿に泊まることがありますか。

你有時會住日式旅館嗎？

☐ ホテルに＿＿＿＿＿。

住飯店。

☐ みんなに＿＿＿＿＿を買ってこようと思います。

我想買點當地名產給大家。

---

⑨ 楽しむ　　⑩ あんな　　⑪ 景色　　⑫ 見える

⑬ 旅館　　⑭ 泊まる　　⑮ お土産

2 藝文活動

001	趣味 しゅみ	名 嗜好	類 好み（愛好）このみ
002	興味 きょうみ	名 興趣	類 好奇心（好奇心）こうきしん
003	番組 ばんぐみ	名 節目	類 プログラム（program／節目<單>）
004	展覧会 てんらんかい	名 展覽會	類 催し物（集會）もよおもの
005	花見 はなみ	名 賞花	
006	人形 にんぎょう	名 洋娃娃，人偶	類 ドール（doll／洋娃娃）
007	ピアノ【piano】	名 鋼琴	
008	コンサート【concert】	名 音樂會	類 音楽会（音樂會）おんがくかい
009	ラップ【rap】	名 饒舌樂，饒舌歌	
010	音 おと	名 （物體發出的）聲音	類 音色（音色）ねいろ
011	聞こえる き	自下一 聽得見	類 聴き取る（聽見）きと
012	写す うつ	他五 照相；描寫，描繪	類 撮る（拍照）と
013	踊り おど	名 舞蹈	類 舞踊（舞蹈）ぶよう
014	踊る おど	自五 跳舞，舞蹈	類 ダンス（dance／跳舞）
015	うまい	形 拿手；好吃	類 美味しい（好吃）おい 對 まずい（難吃）

□ 君の＿＿＿＿＿は何だい？
你的嗜好是什麼？

□ ＿＿＿＿＿があれば、お教えします。
如果有興趣，我可以教您。

□ 新しい＿＿＿＿＿が始まりました。
新節目已經開始了。

□ ＿＿＿＿＿とか音楽会とかに、よく行きます。
展覽會啦、音樂會啦，我都常去參加。

□ ＿＿＿＿＿は楽しかったかい？
賞花有趣嗎？

□ ＿＿＿＿＿の髪が伸びるはずがない。
洋娃娃的頭髮不可能變長。

□ ＿＿＿＿＿を弾く。
彈鋼琴。

□ ＿＿＿＿＿＿でも行きませんか。
要不要去聽音樂會？

□ ＿＿＿＿＿を聞きますか。
你聽饒舌音樂嗎？

□ あれは、自動車の＿＿＿＿＿かもしれない。
那可能是汽車的聲音。

□ 電車の音が＿＿＿＿＿＿きました。
聽到電車的聲音了。

□ 写真を＿＿＿＿＿あげましょうか。
我幫你照相吧！

□ 沖縄の＿＿＿＿＿を見たことがありますか。
你看過沖繩舞蹈嗎？

□ 私はタンゴが＿＿＿＿＿れます。
我會跳探戈舞。

□ 彼はテニスは＿＿＿＿＿のに、ゴルフは下手です。
他擅長打網球，但高爾夫卻打不好。

⑨ ラップ ⑩ 音 ⑪ 聞こえて ⑫ 写して
⑬ 踊り ⑭ 踊 ⑮ うまい

3 節日

001	正月 しょうがつ	名 正月，新年	類 新春（新年）しんしゅん
002	お祭り まつ	名 慶典，祭典	類 祭祀（祭祀）さいし
003	行う／行なう おこな／おこ	他五 舉行，舉辦	類 実施（實施）じっし
004	お祝い いわ	名 慶祝，祝福	類 祝賀（祝賀）しゅくが
005	祈る いの	自五 祈禱；祝福	類 願う（希望）ねが
006	プレゼント【present】	名 禮物	類 贈り物（禮物）おく もの
007	贈り物 おく もの	名 贈品，禮物	類 ギフト（gift／禮物）
008	美しい うつく	形 美麗，好看	類 綺麗（好看）きれい 對 汚い（骯髒）きたな
009	上げる あ	他下一 給；送	類 与える（給予）あた 類 招く（招待）まね
010	招待 しょうたい	名・他サ 邀請	
011	お礼 れい	名 謝詞，謝禮，謝意	類 返礼（回禮）へんれい

□ もうすぐお_____ですね。

馬上就快新年了。

□ _____の日が、近づいてきた。

慶典快到了。

□ 来週、音楽会が_____れる。

音樂將會在下禮拜舉行。

□ これは、_____のプレゼントです。

這是聊表祝福的禮物。

□ みんなで、平和について_____ところです。

大家正要為和平而祈禱。

□ 子どもたちは、_____をもらって嬉しがる。

孩子們收到禮物，感到欣喜萬分。

□ この _____をくれたのは、誰ですか。

這禮物是誰送我的？

□ _____絵を見ることが好きです。

喜歡看美麗的畫。

□ ほしいなら、_____ますよ。

如果想要，就送你。

□ みんなをうちに_____するつもりです。

我打算邀請大家來家裡作客。

□ _____を言わせてください。

請讓我表示一下謝意。

08 美しい　　　09 あげ
10 招待　　　　11 お礼

1 學校與科目

Download 🎵 32

001	きょういく **教育**	名 教育	類 ぶんきょう 文教（文化和教育）
002	しょうがっこう **小学校**	名 小學	
003	ちゅうがっこう **中学校**	名 中學	
004	こうこう　こうとうがっこう **高校／高等学校**	名 高中	
005	がくぶ **学部**	名 …科系；…院系	
006	せんもん **専門**	名 攻讀科系	類 せんこう 専攻（專攻）
007	げんごがく **言語学**	名 語言學	類 ごがく 語学（語言學）
008	けいざいがく **経済学**	名 經濟學	
009	いがく **医学**	名 醫學	類 いじゅつ 医術（醫術）
010	けんきゅうしつ **研究室**	名 研究室	
011	かがく **科学**	名 科學	類 しぜんかがく 自然科学（自然科學）
012	すうがく **数学**	名 數學	類 さんすう 算数（算數）
013	れきし **歴史**	名 歷史	類 えんかく 沿革（沿革）
014	けんきゅう **研究・する**	名・他サ 研究	類 たんきゅう 探究（探究）

參考答案
きょういく　　　　　しょうがっこう　　　　　ちゅうがっこう　　　　　こうこう
教育　　　　　　　小学校　　　　　　　中学校　　　　　　　高校
がくぶ　　　　　　せんもん　　　　　　げんごがく
学部　　　　　　　専門　　　　　　　言語学

□ 学校＿＿＿＿について、研究しているところだ。

正在研究學校教育。

□ 来年から、＿＿＿＿の先生になることになりました。

明年起將成為小學老師。

□ 私は、＿＿＿＿でテニスの試合に出たことがあります。

我在中學曾參加過網球比賽。

□ ＿＿＿＿の時の先生が、アドバイスをしてくれた。

高中時代的老師給了我建議。

□ 彼は医＿＿＿＿に入りたがっています。

他想進醫學系。

□ 来週までに、＿＿＿＿を決めろよ。

下星期前，要決定攻讀的科系唷。

□ ＿＿＿＿って、どんなことを勉強するのですか。

語言學是在唸什麼的呢？

□ 大学で＿＿＿＿の理論を勉強しています。

我在大學裡主修經濟學理論。

□ ＿＿＿＿を勉強するなら、東京大学がいいです。

如果要學醫，我想讀東京大學。

□ ＿＿＿＿にだれかいるようです。

研究室裡好像有人。

□ ＿＿＿＿が進歩して、いろいろなことができるようになりました。

科學進步了，很多事情都可以做了。

□ 友だちに、＿＿＿＿の問題の答えを教えてやりました。

我告訴朋友數學題目的答案了。

□ 日本の＿＿＿＿についてお話いたします。

我要講的是日本歷史。

□ 何を＿＿＿＿されていますか。

您在做什麼研究？

経済学　医学　研究室　科学
数学　歴史　研究

2 學生生活 （一）

 Download ♪ 33

001	入学 にゅうがく	名・自サ 入學	類 進学 しんがく （升學）
002	予習 よしゅう	名・他サ 預習	類 勉強 べんきょう （唸書）
003	消しゴム 【けし gum】 け	名 橡皮擦	
004	講義 こうぎ	名 上課	類 講座 こうざ （＜大學的＞講座）
005	辞典 じてん	名 字典	類 字引き じびき （＜俗＞字典）
006	昼休み ひるやす	名 午休	類 休み やす （休息）
007	試験 しけん	名 考試	類 テスト（test ／考試）
008	レポート 【report】	名・他サ 報告	
009	前期 ぜんき	名 初期，前期，上半期	對 後期 こうき （下半期）
010	後期 こうき	名 後期，下半期，後半期	對 前期 ぜんき （上半期）
011	卒業 そつぎょう	名・他サ 畢業	類 修了 しゅうりょう（學習完〈一定課程〉） 對 入学 にゅうがく （入學）
012	卒業式 そつぎょうしき	名 畢業典禮	類 卒業 そつぎょう （畢業）

☐ ＿＿＿＿＿＿＿のとき、なにをくれますか。
入學的時候，你要送我什麼？

☐ 授業の前に＿＿＿＿＿＿＿をしたほうがいいです。
上課前預習一下比較好。

☐ ＿＿＿＿＿＿＿で消す。
用橡皮擦擦掉。

☐ 大学の先生に、法律について＿＿＿＿＿＿＿をしていただきました。
請大學老師幫我上法律。

☐ ＿＿＿＿＿＿＿をもらったので、英語を勉強しようと思う。
別人送我字典，所以我想認真學英文。

☐ ＿＿＿＿＿＿＿なのに、仕事をしなければなりませんでした。
午休卻得工作。

☐ ＿＿＿＿＿＿＿があるので、勉強します。
因為有考試，我要唸書。

☐ ＿＿＿＿＿＿＿にまとめる。
整理成報告。

☐ ＿＿＿＿＿＿＿の授業は今日で最後です。
今天是上半期課程的最後一天。

☐ ＿＿＿＿＿＿＿の試験はいつごろありますか。
請問下半期課程的考試大概在什麼時候？

☐ いつか＿＿＿＿＿＿＿できるでしょう。
總有一天會畢業的。

☐ ＿＿＿＿＿＿＿で泣きましたか。
你在畢業典禮上有哭嗎？

⑰ 試験　　　⑱ レポート　　　⑲ 前期
⑳ 後期　　　㉑ 卒業　　　㉒ 卒業式

105

34

001	えいかい わ **英会話**	名 英語會話	
002	しょしんしゃ **初心者**	名 初學者	類 しろうと 素人（外行人） 對 くろうと 玄人（內行人）
003	にゅうもんこう ざ **入門講座**	名 入門課程，初級課程	
004	かんたん **簡単**	形動 簡單	類 たんじゅん 単純（簡單） 對 ふくざつ 複雑（複雜）
005	こた **答え**	名 回答；答覆；答案	類 へん じ 返事（回答） 對 と 問い（問題）
006	まちが **間違える**	他下一 錯；弄錯	
007	てん **点**	名 點；方面；（得）分	類 ポイント（point ／點）
008	お **落ちる**	自上一 落下；掉落；降低， 下降	類 らっ か 落下（下降）
009	ふくしゅう **復習**	名・他サ 複習	類 べんきょう 勉強（唸書）
010	り よう **利用**	名・他サ 利用	類 かつよう 活用（活用）
011	いじ **苛める**	他下一 欺負，虐待	類 ぎゃくたい 虐待（虐待）
012	ねむ **眠たい**	形 昏昏欲睡，睏倦	

我想學的單字

□ _____に通い始めました。

我開始上英語會話的課程了。

□ このテキストは_____用です。

這本教科書適用於初學者。

□ ラジオのスペイン語_____を聞いています。

我正在收聽廣播上的西班牙語入門課程。

□ _____な問題なので、自分でできます。

因為問題很簡單，我自己可以處理。

□ テストの_____は、ああ書いておきました。

考試的答案，都已經寫在那裡了。

□ 先生は、_____ところを直してくださいました。

老師幫我訂正了錯誤的地方。

□ その_____について、説明してあげよう。

關於那一點，我來為你說明吧！

□ 何か、机から_____ましたよ。

有東西從桌上掉下來了喔！

□ 授業の後で、_____をしなくてはいけませんか。

下課後一定得複習嗎？

□ 図書館を_____したがらないのは、なぜですか。

你為什麼不想使用圖書館呢？

□ 誰に_____られたの？

你被誰欺負了？

□ _____てあくびが出る。

想睡覺而打哈欠。

---

07 てん
点

08 お
落ち

09 ふくしゅう
復習

10 りよう
利用

11 いじめ

12 ねむ
眠たく

1 職業、事業

001	うけつけ 受付	名 詢問處；受理	類 窓口（窗口）まどぐち
002	うんてんしゅ 運転手	名 司機	類 運転士（駕駛員）うんてんし
003	かんごし 看護師	名 看護師，護士（女性俗稱「看護婦」）	
004	けいかん 警官	名 警察；巡警	類 警察官（警察官）けいさつかん
005	けいさつ 警察	名 警察；警察局	類 警部（警部）けいぶ
006	こうちょう 校長	名 校長	
007	こうむいん 公務員	名 公務員	類 役人（官員）やくにん
008	はいしゃ 歯医者	名 牙醫	類 歯科医（牙醫）しかい
009	アルバイト 【（德）arbeit】	名 打工，副業	類 副業（副業）ふくぎょう
010	しんぶんしゃ 新聞社	名 報社	
011	こうぎょう 工業	名 工業	
012	じきゅう 時給	名 時薪	類 時間給（計時付酬）じかんきゅう
013	みつける 見付ける	他下一 發現，找到；目睹	
014	さがす さがす 探す／捜す	他五 尋找，找尋	類 求める（尋求）もと

❺ 警察〔けいさつ〕

❻ 校長〔こうちょう〕

❼ 公務員〔こうむいん〕

⓫ 工業〔こうぎょう〕

❿ 新聞社〔しんぶんしゃ〕

NEWSPAPER

❽ 歯医者〔はいしゃ〕

歯科

❶ 受付〔うけつけ〕

INFORMATION

⓬ 時給〔じきゅう〕

100元／1hr

❾ アルバイト

❸ 看護師〔かんごし〕

❷ 運転手〔うんてんしゅ〕

⓭ 見付ける〔みつける〕

⓮ 探す／捜す〔さが〕〔さが〕

❹ 警官〔けいかん〕

001	うけつけ 受付	□ 詢問處；受理
002	うんてんしゅ 運転手	□ 司機
003	かんごし 看護師	□ 看護師，護士（女性俗稱「看護婦」）
004	けいかん 警官	□ 警察；巡警
005	けいさつ 警察	□ 警察；警察局
006	こうちょう 校長	□ 校長
007	こうむいん 公務員	□ 公務員
008	はいしゃ 歯医者	□ 牙醫
009	アルバイト 【（徳）arbeit】	□ 打工，副業
010	しんぶんしゃ 新聞社	□ 報社
011	こうぎょう 工業	□ 工業
012	じきゅう 時給	□ 時薪
013	みつ 見付ける	□ 發現，找到；目睹
014	さが さが 探す／捜す	□ 尋找，找尋

□ _____ に行きたいのですが、どちらのほうでしょうか。

我想去詢問處，請問在哪一邊？

□ タクシーの_____に、チップをあげた。

給了計程車司機小費。

□ 私はもう 30 年も_____をしています。

我當護士已長達 30 年了。

□ _____は、事故について話すように言いました。

警察要我說事故的發生經過。

□ _____に連絡することにしました。

決定向警察報案。

□ _____が、これから話をするところです。

校長正要開始說話。

□ _____になるのは、難しいようです。

要當公務員好像很難。

□ 歯が痛いなら、_____に行けよ。

如果牙痛，就去看牙醫啊！

□ _____ばかりしていないで、勉強もしなさい。

別光打工，也要唸書啊！

□ 右の建物は、_____でございます。

右邊的建築物是報社。

□ _____と商業と、どちらのほうが盛んですか。

工業與商業，哪一種比較興盛？

□ コンビニエンスストアでアルバイトすると、_____はいくらぐらいですか。

如果在便利商店打工的話，時薪大概多少錢呢？

□ どこでも、仕事を_____ことができませんでした。

到哪裡都找不到工作。

□ 彼が財布をなくしたので、一緒に_____やりました。

他的錢包不見了，所以一起幫忙尋找。

---

⑩ 歯医者　　⑫ アルバイト　　⑭ 新聞社　　⑯ 工業
⑪ 時給　　　⑬ 見つける　　　⑮ 探して

2 職場工作

001	けいかく 計画	名・他サ 計劃	類 見込み（估計）
002	よてい 予定	名・他サ 預定	類 スケジュール （schedule ／行程表）
003	とちゅう 途中	名 半路上，中途；半途	類 中途（中途）
004	か 掛ける	他下一 把動作加到某人身 上（如給人添麻煩）	
005	かたづ 片付ける	他下一 收拾，打掃；解決	類 整理（整理）
006	たず 訪ねる	他下一 拜訪，訪問	類 訪れる（訪問）
007	よう 用	名 事情；工作	類 用事（事情）
008	ようじ 用事	名 事情；工作	類 用件（應做的事）
009	りょうほう 両方	名 兩方，兩種	類 両者（兩者） 對 片方（一邊）
010	つごう 都合	名 情況，方便度	類 勝手（任意）
011	てつだ 手伝う	他五 幫忙	類 助ける（幫助）
012	かいぎ 会議	名 會議	類 会談（面談）
013	ぎじゅつ 技術	名 技術	類 技（技能）
014	う ば 売り場	名 賣場	

参考答案　けいかく
計画　　　よてい
予定　　　とちゅう
途中　　　かけて

かたづ
片付け　　たず
訪ねる　　よう
用

□ 私の＿＿＿＿＿をご説明いたしましょう。

我來説明一下我的計劃！

□ 木村さんから自転車をいただく＿＿＿＿＿です。

我預定要接收木村的腳踏車。

□ ＿＿＿＿＿で事故があったために、遅くなりました。

因路上發生事故，所以遲到了。

□ 弟はいつもみんなに迷惑を＿＿＿＿＿いた。

弟弟老給大家添麻煩。

□ 教室を＿＿＿＿＿ようとしていたら、先生が来た。

正打算整理教室的時候，老師來了。

□ 最近は、先生を＿＿＿＿＿ことが少なくなりました。

最近比較少去拜訪老師。

□ ＿＿＿＿＿がなければ、来なくてもかまわない。

如果沒事，不來也沒關係。

□ ＿＿＿＿＿があるなら、行かなくてもかまわない。

如果有事，不去也沒關係。

□ やっぱり＿＿＿＿＿買うことにしました。

我還是決定兩種都買。

□ ＿＿＿＿＿がいいときに、来ていただきたいです。

狀況方便的時候，希望能來一下。

□ いつでも、＿＿＿＿＿あげます。

我隨時都樂於幫你的忙。

□ ＿＿＿＿＿はもう終わったの？

會議已經結束了嗎？

□ ますます＿＿＿＿＿が発展していくでしょう。

技術會愈來愈進步吧！

□ 靴下＿＿＿＿＿は２階だそうだ。

聽説襪子的賣場在２樓。

08 用事　09 両方　10 都合　11 手伝って
12 会議　13 技術　14 売り場

001	オフ【off】	名（開關）關；休賽；休假；折扣	對 オン（on／＜開關＞開）
002	<ruby>遅<rt>おく</rt></ruby>れる	自下一 遅到；緩慢	類 <ruby>遅刻<rt>ちこく</rt></ruby>（遲到）
003	<ruby>頑張<rt>がんば</rt></ruby>る	自五 努力，加油；堅持	類 <ruby>粘<rt>ねば</rt></ruby>る（堅持）
004	<ruby>厳<rt>きび</rt></ruby>しい	形 嚴格；嚴重	類 <ruby>厳重<rt>げんじゅう</rt></ruby>（嚴重的） 對 <ruby>緩<rt>ゆる</rt></ruby>い（徐緩）
005	<ruby>慣<rt>な</rt></ruby>れる	自下一 習慣	類 <ruby>熟練<rt>じゅくれん</rt></ruby>（熟練）
006	<ruby>出来<rt>でき</rt></ruby>る	自上一 完成；能夠	類 <ruby>出来上<rt>できあ</rt></ruby>がる（完成）
007	<ruby>叱<rt>しか</rt></ruby>る	他五 責備，責罵	類 <ruby>怒鳴<rt>どな</rt></ruby>る（大聲喊叫）
008	<ruby>謝<rt>あやま</rt></ruby>る	自五 道歉，謝罪	類 <ruby>詫<rt>わ</rt></ruby>びる（道歉）
009	<ruby>辞<rt>や</rt></ruby>める	他下一 停止；取消；離職	類 <ruby>辞任<rt>じにん</rt></ruby>（辭職）
010	<ruby>機会<rt>きかい</rt></ruby>	名 機會	類 チャンス（chance／時機）
011	<ruby>一度<rt>いちど</rt></ruby>	名 一次，一回	類 <ruby>一回<rt>いっかい</rt></ruby>（一次）
012	<ruby>続<rt>つづ</rt></ruby>く	自五 繼續；接連；跟著	類 <ruby>繋<rt>つな</rt></ruby>がる（連接） 對 <ruby>絶<rt>た</rt></ruby>える（斷絕）
013	<ruby>続<rt>つづ</rt></ruby>ける	他下一 持續，繼續；接著	類 <ruby>続行<rt>ぞっこう</rt></ruby>（繼續進行） 對 <ruby>止<rt>や</rt></ruby>める（停止）
014	<ruby>夢<rt>ゆめ</rt></ruby>	名 夢	類 <ruby>夢見<rt>ゆめみ</rt></ruby>（作夢） 對 <ruby>現実<rt>げんじつ</rt></ruby>（現實）

參考答案　 オフ　　　<ruby>遅<rt>おく</rt></ruby>れる　　　がんば　　　<ruby>厳<rt>きび</rt></ruby>しい
　　　　　<ruby>慣<rt>な</rt></ruby>れ　　　できる　　　しかっ

☐ _____の日に、ゆっくり朝食をとるのが好きです。
休假的時候，我喜歡悠閒吃早點。

☐ 時間に_____な。
不要遲到。

☐ 父に、合格するまで_____れと言われた。
父親要我努力，直到考上為止。

☐ 新しい先生は、_____かもしれない。
新老師也許會很嚴格。

☐ 毎朝5時に起きるということに、もう_____ました。
已經習慣每天早上5點起床了。

☐ 1週間で_____はずだ。
一星期應該就可以完成的。

☐ 子どもをああ_____ては、かわいそうですよ。
把小孩罵成那樣，就太可憐了。

☐ そんなに_____なくてもいいですよ。
不必道歉到那種地步。

☐ こう考えると、会社を_____ほうがいい。
這樣一想，還是離職比較好。

☐ 彼女に会えるいい_____だったのに、残念でしたね。
難得有這麼好的機會去見她，真是可惜啊。

☐ _____あんなところに行ってみたい。
想去一次那樣的地方。

☐ 雨は来週も_____らしい。
雨好像會持續到下週。

☐ 一度始めたら、最後まで_____ろよ。
既然開始了，就要持續到底喔。

☐ 彼は、まだ甘い_____を見つづけている。
他還在做天真浪漫的美夢！

⑩ 謝ら ⑱ 辞めた ⑲ 機会 ⑪ 一度
⑫ 続く ⑬ 続け ⑭ 夢

001	パート【part】	名 打工；部分，篇，章；職責，（扮演的）角色；分得的一份
002	手伝い <small>て つだ</small>	名 幫助；幫手；幫傭
003	会議室 <small>かい ぎ しつ</small>	名 會議室
004	部長 <small>ぶ ちょう</small>	名 經理，部長
005	課長 <small>か ちょう</small>	名 課長，股長
006	進む <small>すす</small>	自五 進展
007	チェック【check】	名 檢查
008	別 <small>べつ</small>	名・形動 別外，別的；區別
009	迎える <small>むか</small>	他下一 迎接
010	済む <small>す</small>	自五（事情）完結，結束；過得去，沒問題；（問題）解決，（事情）了結
011	寝坊 <small>ね ぼう</small>	名・形動・自サ 睡懶覺，貪睡晚起的人
012	やめる	他下一 停止；戒掉
013	（お）金持ち <small>かね も</small>	名 有錢人
014	一般 <small>いっぱん</small>	名・形動 一般

□ ＿＿＿＿＿＿で働<ら>く。
打零工。

□ ＿＿＿＿＿＿を頼<たの>む。
請求幫忙。

□ ＿＿＿＿＿＿に入<はい>る。
進入會議室。

□ ＿＿＿＿＿＿になる。
成為部長。

□ ＿＿＿＿＿＿になる。
成為課長。

□ 仕事<しごと>が＿＿＿＿＿＿。
工作進展下去。

□ ＿＿＿＿＿＿が厳<きび>しい。
檢驗嚴格。

□ ＿＿＿＿＿＿の機会<きかい>。
其他的機會。

□ 客<きゃく>を＿＿＿＿＿＿。
迎接客人。

□ 用事<ようじ>が＿＿＿＿＿＿。
辦完事了。

□ ＿＿＿＿＿＿して会社<かいしゃ>に遅<おく>れた。
睡過頭，上班遲到。

□ たばこを＿＿＿＿＿＿。
戒煙。

□ ＿＿＿＿＿＿になる。
變成有錢人。

□ ＿＿＿＿＿＿の大衆<たいしゅう>。
一般的大眾。

---

⑱ 別<べつ> ⑲ 迎<むか>える ⑩ 済<す>んだ ⑪ 寝坊<ねぼう>
⑫ やめる ⑬ お金持<かねも>ち ⑭ 一般<いっぱん>

4 電腦相關 （一）

001	ノートパソコン【notebook personal computer 之略】	名 筆記型電腦	
002	デスクトップ（パソコン）【desktop personal computer 之略】	名 桌上型電腦	類 コンピューター（computer ／電腦）
003	キーボード【keyboard】	名 鍵盤；電腦鍵盤；電子琴	
004	マウス【mouse】	名 老鼠；滑鼠	
005	スタートボタン【start button】	名 （微軟作業系統的）開機鈕	
006	クリック・する【click】	名・他サ 喀嚓聲；按下（按鍵），點擊	
007	入力^{にゅうりょく}・する	名・他サ 輸入（功率）；輸入數據	對 出力^{しゅつりょく}（輸出）
008	（インター）ネット【internet】	名 網際網路	
009	ホームページ【homepage】	名 網站首頁；網頁（總稱）	
010	ブログ【blog】	名 部落格	類 ウェブログ（weblog／網路部落格）
011	インストール・する【install】	名・他サ 安裝（電腦軟體）	類 据^すえつける（安裝）
012	受信^{じゅしん}	名・他サ （郵件、電報等）接收；收聽	對 発信^{はっしん}（發信）
013	新規作成^{しんきさくせい}・する	名・他サ 新作，從頭做起；（電腦檔案）開新檔案	
014	登録^{とうろく}・する	名・他サ 登記；（法）登記，註冊；記錄	類 記録^{きろく}（紀錄）

參考答案　ノートパソコン　デスクトップ　キーボード　マウス
スタートボタン　クリックして　入力^{にゅうりょく}する

□ 小(ちい)さい＿＿＿＿＿＿を買(か)いたいです。
我想要買小的筆記型電腦。

□ 会社(かいしゃ)では＿＿＿＿＿＿を使(つか)っています。
在公司的話，我是使用桌上型電腦。

□ この＿＿＿＿＿＿は私(わたし)が使(つか)っているものと並(なら)び方(かた)が違(ちが)います。
這個鍵盤跟我正在用的鍵盤，按鍵的排列方式不同。

□ ＿＿＿＿＿＿の使(つか)い方(かた)が分(わ)かりません。
我不知道滑鼠的使用方法。

□ ＿＿＿＿＿＿を押(お)してください。
請按下開機鈕。

□ ここを2回(かい)＿＿＿＿＿＿ください。
請在這裡點兩下。

□ ひらがなで＿＿＿＿＿＿ことができますか。
請問可以用平假名輸入嗎？

□ そのホテルは＿＿＿＿＿＿が使(つか)えますか。
那家旅館可以連接網路嗎？

□ 新(あたら)しい情報(じょうほう)は＿＿＿＿＿＿に載(の)せています。
最新資訊刊登在網站首頁上。

□ 去年(きょねん)から＿＿＿＿＿＿をしています。
我從去年開始寫部落格。

□ 新(あたら)しいソフトを＿＿＿＿＿＿たいです。
我想要安裝新的電腦軟體。

□ メールが＿＿＿＿＿＿できません。
沒有辦法接收郵件。

□ この場合(ばあい)は、＿＿＿＿＿＿ないといけません。
在這種情況之下，必須要開新檔案。

□ 伊藤(いとう)さんのメールアドレスをアドレス帳(ちょう)に＿＿＿＿＿＿ください。
請將伊藤先生的電子郵件地址登記到地址簿裡。

---

⑧ ネット
⑨ ホームページ
⑩ ブログ
⑪ インストールし
⑫ 受信(じゅしん)
⑬ 新規作成(しんきさくせい)し
⑭ 登録(とうろく)して

5 電腦相關（二）

001	メール【mail】	名 郵政，郵件；郵船，郵車	類 電子メール（mail ／電子郵件）
002	（メール）アドレス【mail address】	名 電子信箱地址，電子郵件地址	類 eメールアドレス（email address ／電郵地址）
003	アドレス【address】	名 住址，地址；（電子信箱）地址	類 メールアドレス（mail address ／電郵地址）
004	宛先	名 收件人姓名地址，送件地址	
005	件名	名 項目名稱；類別；（電腦）郵件主旨	
006	挿入・する	名・他サ 挿入，裝入	類 挟む（夾）
007	差出人	名 發信人，寄件人	類 発送者（寄件人）
008	添付・する	名・他サ 添上，附上；（電子郵件）附加檔案	類 付け添える（添加）
009	送信・する	名・自サ （電）發報，播送，發射；發送（電子郵件）	對 受信（接收）
010	転送・する	名・他サ 轉送，轉寄，轉遞	
011	キャンセル・する【cancel】	名・他サ 取消，作廢；廢除	類 取り消す（取消）
012	ファイル【file】	名 文件夾；合訂本，卷宗；（電腦）檔案	
013	保存・する	名・他サ 保存；儲存（電腦檔案）	類 保つ（保持）
014	返信・する	名・自サ 回信，回電	類 返書（回信） 對 往信（去信）

⑤ 件名 けんめい

④ 宛先 あてさき

⑧ 添付する てんぷ

② (メール) アドレス

③ アドレス

⑨ 送信する そうしん

⑩ 転送する てんそう

⑬ 保存する ほぞん

everyday extra agency online file

address: http://www.xmail.com

X-Mail | 傳送 | 轉寄 | 夾帶檔案 | 儲存草稿 | 取消 |

收件夾 (35) | 收件人 | 123abc@xmail.com.tw

草稿 | 主旨 | FW:急件！速速回！！

寄件備份

垃圾桶

Dear 奈美
明天聚餐
地點為XXXXX，
有任何意見請提出。
XXX：我的意見 XXX

垃圾桶

新資料夾

Photo

copy

⑪ キャンセルする

⑥ 挿入する そうにゅう

⑫ ファイル

啊！信件積一堆，
要快點回信啦！

⑦ 差出人 さしだしにん

⑭ 返信する へんしん

❶ メール

LEVEL 4
JLPT

001	メール【mail】	☐ 郵政，郵件；電子郵件；郵船，郵車
002	（メール）アドレス【mail address】	☐ 電子信箱地址，電子郵件地址
003	アドレス【address】	☐ 住址，地址；（電子信箱）地址
004	あてさき 宛先	☐ 收件人姓名地址，送件地址
005	けんめい 件名	☐ 項目名稱；類別；（電腦）郵件主旨
006	そうにゅう 挿入・する	☐ 插入，裝入
007	さしだしにん 差出人	☐ 發信人，寄件人
008	てんぷ 添付・する	☐ 添上，附上，（電子郵件）附加檔案
009	そうしん 送信・する	☐ （電）發報，播送，發射；發送（電子郵件）
010	てんそう 転送・する	☐ 轉送，轉寄，轉遞
011	キャンセル・する【cancel】	☐ 取消，作廢；廢除
012	ファイル【file】	☐ 文件夾；合訂本，卷宗；（電腦）檔案
013	ほぞん 保存・する	☐ 保存；儲存（電腦檔案）
014	へんしん 返信・する	☐ 回信，回電

参考答案　メール　　　　メールアドレス　　　アドレス　　　あてさき
宛先
　　　　　けんめい　　　　そうにゅう　　　　　さしだしにん
　　　　　件名　　　　　　挿入して　　　　　　差出人

□ 会議の場所と時間は、＿＿＿＿＿＿でお知らせします。

將用電子郵件通知會議的地點與時間。

□ この＿＿＿＿＿＿に送っていただけますか。

可以請您傳送到這個電子信箱地址嗎？

□ その＿＿＿＿＿はあまり使いません。

我不常使用那個郵件地址。

□ 名刺に書いてある＿＿＿＿＿に送ってください。

請寄到名片上所寫的送件地址。

□ ＿＿＿＿＿＿を必ず入れてくださいね。

請務必要輸入信件主旨喔。

□ 2行目に、この一文を＿＿＿＿＿ください。

請在第2行，插入這段文字。

□ ＿＿＿＿＿＿はだれですか。

寄件人是哪一位？

□ 写真を＿＿＿＿＿ます。

我附上照片。

□ すぐに＿＿＿＿＿ますね。

我馬上把郵件傳送出去喔。

□ 部長にメールを＿＿＿＿＿ました。

把郵件轉寄給部長了。

□ そのメールアドレスはもう＿＿＿＿＿ました。

這個郵件地址已經作廢了。

□ 昨日、作成した＿＿＿＿＿が見つかりません。

我找不到昨天已經做好的檔案。

□ 別の名前で＿＿＿＿＿方がいいですよ。

用別的檔名來儲存會比較好喔。

□ 私の代わりに、＿＿＿＿＿おいてください。

請代替我回信。

添付し　　　送信し　　　転送し　　　キャンセルし

ファイル　　保存した　　返信して

015	コンピューター【computer】	名 電腦
016	スクリーン【screen】	名 銀幕
017	パソコン【personal computer】之略	名 個人電腦
018	ワープロ【word processor】之略	名 文字處理機

片づける (かた)

清理，整理原本雜亂的狀態。

用意 (よう い)

把東西準備周全。

やめる

停止或放棄某行為、工作或活動。

とめる

停止某物體的運動或阻止某個過程。

□ ＿＿＿＿＿＿を使う。
使用電腦。

□ ＿＿＿＿＿＿の前に立つ。
站在銀幕前。

□ ＿＿＿＿＿＿を活用する。
活用電腦。

□ ＿＿＿＿＿＿を打つ。
打文字處理機。

萬用會話

您是哪位？
どちら様でしょうか。

我叫做智子，麻煩請櫻子小姐聽電話。
智子と申しますが、桜子さんをお願いします。

是的，請稍等一下。…
はい、少々お待ちくださいね。…

她目前外出中，需要幫您留言嗎？
今、外出しています。何かお伝えましょうか。

我明白了，我稍後再打過來。
わかりました。後でかけ直します。

1 經濟與交易

 40

001	経済 けいざい	名 經濟	類 金融（金融） きんゆう
002	貿易 ぼうえき	名 貿易	類 通商（通商） つうしょう
003	盛ん さか	形動 繁盛，興盛	類 盛大（盛大） せいだい
004	輸出 ゆ しゅつ	名・他サ 出口	類 貿易（貿易） ぼうえき
005	品物 しなもの	名 物品，東西；貨品	類 商品（商品） しょうひん
006	特売品 とくばいひん	名 特賣商品，特價商品	
007	バーゲン【bargain sale 之略】	名 特價商品，出清商品；特賣	類 特売（特賣） とくばい
008	値段 ね だん	名 價錢	類 価格（價格） か かく
009	下げる さ	他下一 降低，向下；掛；收走，撤下	類 値引き（降價） ね び 對 上げる（舉起） あ
010	上がる あ	自五 上昇，昇高；高漲	類 上昇（上升） じょうしょう 對 下がる（下降） さ
011	呉れる く	他下一 給我	類 与える（給予） あた
012	貰う もら	他五 收到，拿到	類 受ける（接受） う 對 遣る（給予） や
013	遣る や	他五 給，給予	類 与える（給予） あた
014	中止 ちゅう し	名・他サ 中止	

參考答案　① 経済　② 貿易　③ 盛ん、盛ん　④ 輸出
けいざい　　　　ぼうえき　　　　さか　さか　　　　ゆ しゅつ
⑤ 品物　⑥ 特売品　⑦ バーゲン
しなもの　　とくばいひん

□ 日本の_____について、ちょっとお聞きします。

有關日本經濟，想請教你一下。

□ _____の仕事は、おもしろいはずだ。

貿易工作應該很有趣的！

□ この町は、工業も_____だし商業も_____だ。

這小鎮工業跟商業都很興盛。

□ 自動車の_____をしたことがありますか。

曾經出口汽車嗎？

□ あのお店の_____は、とてもいい。

那家店的貨品非常好。

□ お店の入り口近くにおいてある商品は、だいたい_____ですよ。

放置在店門口附近的商品，大概都會是特價商品。

□ 夏の_____は来週から始まります。

夏季特賣將會在下週展開。

□ こちらは_____が高いので、そちらにします。

這個價錢較高，我決定買那個。

□ 飲み終わったら、コップを_____ます。

如果喝完了，這杯子就幫您撤下。

□ 野菜の値段が_____ようだ。

青菜的價格好像要上漲了。

□ そのお金を私に_____。

那筆錢給我。

□ 私は、_____なくてもいいです。

我不拿也沒關係。

□ 動物にえさを_____ちゃだめです。

不可以給動物餵食。

□ 交渉_____。

停止交涉。

⑨ 値段 ⑩ 下げ ⑪ 上がる ⑬ くれ
⑫ もらわ ⑮ やっ ⑭ 中止

127

2 金融

 41

001	通帳記入 つうちょうきにゅう	名 補登錄存摺	
002	暗証番号 あんしょうばんごう	名 密碼	類 パスワード（password／密碼）
003	（キャッシュ）カード【cash card】	名 金融卡，提款卡	
004	（クレジット）カード【credit card】	名 信用卡	
005	公共料金 こうきょうりょうきん	名 公共費用	
006	仕送り・する しおく	名・自他サ 匯寄生活費或學費	
007	請求書 せいきゅうしょ	名 帳單，繳費單	
008	億 おく	名 億	
009	払う はら	他五 付錢；除去	類 支出（開支）對 収入（收入）
010	お釣り つ	名 找零	
011	生産 せいさん	名・他サ 生産	
012	産業 さんぎょう	名 産業	
013	割合 わりあい	名 比，比例	

□ ここに通帳を入れると、＿＿＿＿＿＿＿ できます。

只要把存摺從這裡放進去，就可以補登錄存摺了。

□ ＿＿＿＿＿＿＿は定期的に変えた方がいいですよ。

密碼要定期更改比較好喔。

□ ＿＿＿＿＿＿＿を忘れてきました。

我忘記把金融卡帶來了。

□ 初めて＿＿＿＿＿＿＿を作りました。

我第一次辦了信用卡。

□ ＿＿＿＿＿＿＿は、銀行の自動引き落としにしています。

公共費用是由銀行自動轉帳來繳納的。

□ 東京にいる息子に毎月＿＿＿＿＿＿＿います。

我每個月都寄錢給在東京的兒子。

□ クレジットカードの＿＿＿＿＿が届きました。

收到了信用卡的繳費帳單。

□ 家を建てるのに、3＿＿＿＿＿円も使いました。

蓋房子竟用掉了3億圓。

□ 来週までに、お金を＿＿＿＿＿なくてはいけない。

下星期前得付款。

□ ＿＿＿＿＿を下さい。

請找我錢。

□ ＿＿＿＿＿を高める。

提高生産。

□ 通信＿＿＿＿＿。

電信産業。

□ ＿＿＿＿＿が増える。

比率增加。

---

⑨ 払わ　　　⑩ お釣り　　　⑪ 生産
はら　　　　　　つ　　　　　　せいさん

⑫ 産業　　　⑬ 割合
さんぎょう　　　わりあい

3 政治、法律

 42

001	こくさい 国際	名 國際	
002	せいじ 政治	名 政治	類 行政（行政）
003	えら 選ぶ	他五 （「えらび」為ます 形），加句型「お～くだ さい」表下對上的請求）	類 選択（選擇）
004	しゅっせき 出席	名・自サ 出席	類 顔出し（露面） 對 欠席（缺席）
005	せんそう 戦争	名・自サ 戦争	類 戦い（戦鬥）
006	きそく 規則	名 規則，規定	類 ルール（rule／規 則）
007	ほうりつ 法律	名 法律	類 法令（法令）
008	やくそく 約束	名・他サ 約定，規定	類 約する（約定）
009	き 決める	他下一 決定；規定；認定	類 決定（決定）
010	た 立てる	他下一 立起，訂立	類 立案（制訂方案）
011	あさ 浅い	形 淺的	
012	ひと もう一つ	連語 更；再一個	

□ 彼女はきっと_____的な仕事をするだろう。

她一定會從事國際性的工作吧！

□ _____の難しさについて話しました。

談及了政治的難處。

□ 好きなのをお_____ください。

請選您喜歡的。

□ そのパーティーに_____することは難しい。

要出席那個派對是很困難的。

□ いつの時代でも、_____はなくならない。

不管是哪個時代，戰爭都不會消失的。

□ _____を守りなさい。

你要遵守規定。

□ _____は、ぜったい守らなくてはいけません。

一定要遵守法律。

□ ああ_____したから、行かなければならない。

已經那樣約定好了，所以非去不可。

□ 予定をこう_____ました。

行程就這樣決定了。

□ 自分で勉強の計画を_____ことになっています。

要我自己訂定讀書計畫。

□ 見識が_____。

見識淺。

□ 迫力が_____だ。

再更有魄力一點。

---

07 法律 ほうりつ 08 約束 やくそく 09 決め き

10 立てる た 11 浅い あさ 12 もう一つ ひと

4 犯罪

001	痴漢 （ち かん）	名 色情狂	
002	ストーカー 【stalker】	名 跟蹤狂	類 忍び寄る者（しのびよるもの）（尾隨者）
003	すり	名 扒手	類 泥棒（どろぼう）（小偷）
004	泥棒 （どろぼう）	名 偷竊；小偷，竊賊	類 賊（ぞく）（賊）
005	無くす （な）	他五 弄丟，搞丟	類 失う（うしな）（丟失）
006	落とす （お）	他五 掉下；弄掉	類 失う（うしな）（失去） 對 拾う（ひろ）（撿拾）
007	盗む （ぬす）	他五 偷盜，盜竊	類 横取り（よこど）（搶奪）
008	壊す （こわ）	他五 弄碎；破壞	類 潰す（つぶ）（弄碎）
009	逃げる （に）	自下一 逃走，逃跑	類 逃走（とうそう）（逃走） 對 追う（お）（追趕）
010	捕まえる （つか）	他下一 逮捕，抓；握住	類 捕らえる（と）（逮捕）
011	見付かる （み つ）	自五 發現了；找到	
012	火事 （か じ）	名 火災	類 火災（かさい）（火災）
013	危険 （き けん）	名・形動 危險	類 危ない（あぶ）（危險的）
014	安全 （あんぜん）	名・形動 安全	類 無事（ぶじ）（平安無事）

⑩ 捕まえる（つか）

⑨ 逃げる（に）

⑧ 壊す（こわ）

⑤ 無くす（な）

⑭ 安全（あんぜん）

❶ 痴漢（ちかん）

⑪ 見付かる（みつ）

嗚～
運氣好背喔～

❼ 盗む（ぬす）

❸ すり

⑫ 火事（かじ）

❻ 落とす（お）

❹ 泥棒（どろぼう）

❷ ストーカー

⑬ 危険（きけん）

133

001 痴漢（ちかん）	☐ 色情狂
002 ストーカー【stalker】	☐ 跟蹤狂
003 すり	☐ 扒手
004 泥棒（どろぼう）	☐ 偷竊；小偷，竊賊
005 無くす（なくす）	☐ 弄丟，搞丟
006 落とす（おとす）	☐ 掉下；弄掉
007 盗む（ぬすむ）	☐ 偷盜，盜竊
008 壊す（こわす）	☐ 弄碎；破壞
009 逃げる（にげる）	☐ 逃走，逃跑
010 捕まえる（つかまえる）	☐ 逮捕，抓；握住
011 見付かる（みつかる）	☐ 發現了；找到
012 火事（かじ）	☐ 火災
013 危険（きけん）	☐ 危險
014 安全（あんぜん）	☐ 安全

☐ 電車で＿＿＿＿＿＿を見ました。

我在電車上看到了色情狂。

☐ ＿＿＿＿＿＿＿＿に遭ったことがありますか。

你有被跟蹤狂騷擾的經驗嗎？

☐ ＿＿＿＿＿＿に財布を盗まれたようです。

錢包好像被扒手扒走了。

☐ ＿＿＿＿＿＿を怖がって、鍵をたくさんつけた。

因害怕遭小偷，所以上了許多道鎖。

☐ 財布を＿＿＿＿＿＿ので、本が買えません。

錢包弄丟了，所以無法買書。

☐ ＿＿＿＿＿＿たら割れますから、気をつけて。

掉下來就破了，小心點！

☐ お金を＿＿＿＿＿＿れました。

我的錢被偷了。

☐ コップを＿＿＿＿＿＿しまいました。

摔破杯子了。

☐ 警官が来たぞ。＿＿＿＿＿＿ろ。

警察來了，快逃！

☐ 彼が泥棒ならば、＿＿＿＿＿＿なければならない。

如果他是小偷，就非逮捕不可。

☐ 財布は＿＿＿＿＿＿かい？

錢包找到了嗎？

☐ 空が真っ赤になって、まるで＿＿＿＿＿＿のようだ。

天空一片紅，宛如火災一般。

☐ 彼は＿＿＿＿＿＿なところに行こうとしている。

他打算要去危險的地方。

☐ ＿＿＿＿＿＿な使いかたをしなければなりません。

使用時必須注意安全。

壊して　　　逃げ　　　捕まえ　　　見つかった
火事　　　　危険　　　安全

數量、次數、形狀與大小

 Download ♪ 44

001	以下 い か	名・接尾 以下，不到…	類 以内（以內） い ない 對 以上（以上） い じょう
002	以内 い ない	名・接尾 不超過…；以內	類 以下（以下） い か 對 以上（以上） い じょう
003	以上 い じょう	名・接尾 …以上	類 より上（比…多） うえ 對 以下（以下） い か
004	過ぎる す	自上一 超過；過於；經過	類 過度（過度） か ど
005	足す た	他五 補足，增加；（數學）加	
006	足りる た	自上一 足夠；可湊合	類 加える（加上） くわ 對 除く（除外） のぞ
007	多い おお	形 多的	類 沢山（很多） たくさん 對 少ない（少） すく
008	少ない すく	形 少	類 少し（少量） すこ 對 多い（多） おお
009	増える ふ	自下一 增加	類 増す（增加） ま 對 減る（減少） へ
010	形 かたち	名 形狀；形，樣子	類 輪廓（輪廓） りんかく
011	大きな おお	準連體 大，大的	對 小さな（小的） ちい
012	小さな ちい	連體 小，小的；年齡幼小	對 大きな（大的） おお
013	緑 みどり	名 綠色	類 グリーン（green／綠色）
014	深い ふか	形 深	類 奥深い（深邃） おくぶか 對 浅い（淺） あさ

☐ あの女性は、30歳＿＿＿＿＿の感じがする。

那位女性，感覺不到 30 歲。

☐ 1万円＿＿＿＿＿なら、買うことができます。

如果不超過 1 萬圓，就可以買。

☐ 100人＿＿＿＿のパーティーと二人で遊びに行くのと、どちらのほうが好きですか。

你喜歡參加百人以上的派對，還是兩人單獨出去玩？

☐ 5時を＿＿＿＿＿ので、もう家に帰ります。

已經超過 5 點了，我要回家了。

☐ 数字を＿＿＿＿＿いくと、全部で 100 になる。

數字加起來，總共是 100。

☐ 1万円あれば、＿＿＿＿＿はずだ。

如果有 1 萬圓，應該是夠的。

☐ 友だちは、＿＿＿＿＿ほうがいいです。

朋友多一點比較好。

☐ 本当に面白い映画は、＿＿＿＿＿のだ。

有趣的電影真的很少！

☐ 結婚しない人が＿＿＿＿＿だした。

不結婚的人開始變多了。

☐ どんな＿＿＿＿＿の部屋にするか、考えているところです。

我正在想要把房間弄成什麼樣子。

☐ こんな＿＿＿＿＿木は見たことがない。

沒看過這麼大的樹木。

☐ あの人は、いつも＿＿＿＿＿プレゼントをくださる。

那個人常送我小禮物。

☐ 今、町を＿＿＿＿＿でいっぱいにしているところです。

現在鎮上正是綠意盎然的時候。

☐ このプールは＿＿＿＿＿すぎて、危ない。

這個游泳池太過深了，很危險！

| ⑥ すく 少ない | ⑧ ふ 増え | ⑩ かたち 形 | ⑪ おお 大きな |
| ⑫ ちい 小さな | ⑬ みどり 緑 | ⑭ ふか 深 | |

1 心理及感情

 45

001	こころ 心	名 內心；心情	類 思い（思想）
002	き 気	名 氣息；心思；意識	類 気持ち（感受）
003	き ぶん 気分	名 情緒；身體狀況；氣氛	類 機嫌（心情）
004	き も 気持ち	名 心情；（身體）狀態	類 感情（感情）
005	あんしん 安心	名・自サ 安心	類 大丈夫（可靠） 對 心配（擔心）
006	すご 凄い	形 厲害，很棒；非常	類 激しい（激烈）
007	すば ら 素晴しい	形 出色，很好	類 立派（了不起）
008	こわ 怖い	形 可怕，害怕	類 恐ろしい（可怕）
009	じゃ ま 邪魔	名・形動・他サ 妨礙，阻擾	類 差し支え（妨礙）
010	しんぱい 心配	名・自サ 擔心；照顧	類 不安（不放心） 對 安心（安心）
011	は 恥ずかしい	形 丟臉，害羞；難為情	類 面目ない（沒面子）
012	ふくざつ 複雑	名・形動 複雜	類 ややこしい（複雜） 對 簡単（簡單）
013	も 持てる	自下一 能拿，能保持；受歡迎，吃香	類 人気（人望）
014	ラブラブ 【lovelove】	形動 （情侶，愛人等）甜蜜，如膠似漆	

参考答案　こころ 心　　　き 気　　　き ぶん 気分　　　き も 気持ち
 あんしん 安心　　　すごい　　　すばらしい

□ 彼の_____の優しさに、感動しました。
因他善良的心地，而深受感動。

□ たぶん_____がつくだろう。
應該會發現吧！

□ _____が悪くても、会社を休みません。
即使身體狀況不舒服，也不請假。

□ 暗い_____のまま帰ってきた。
心情鬱悶地回來了。

□ 大丈夫だから、_____しなさい。
沒事的，放心好了。

□ 上手に英語が話せるようになったら、_____なあ。
如果英文能講得好，應該很棒吧！

□ _____映画ですから、見てみてください。
因為是很棒的電影，不妨看看。

□ どんなに_____ても、ぜったい泣かない。
不管怎麼害怕，也絕不哭。

□ ここにこう座っていたら、_____ですか。
像這樣坐在這裡，會妨礙到你嗎？

□ 息子が帰ってこないので、父親は_____しはじめた。
由於兒子沒回來，父親開始擔心起來了。

□ 失敗しても、_____と思うな。
即使失敗了也不用覺得丟臉。

□ 日本語と英語と、どちらのほうが_____だと思いますか。
日語和英語，你覺得哪個比較複雜？

□ 大学生の時が一番_____ました。
大學時期是最受歡迎的時候。

□ 付き合いはじめたばかりですから、_____です。
因為才剛開始交往，兩個人如膠似漆。

怖く　じゃま　心配　恥ずかしい
複雑　もて　ラブラブ

139

2 喜怒哀樂

001	嬉しい うれ	形 高興，喜悅	類 喜ばしい（喜悅）よろこ 對 悲しい（悲傷）かな
002	楽しみ たの	名 期待，快樂	類 快楽（快樂）かいらく 對 苦しみ（苦痛）くる
003	喜ぶ よろこ	自五 高興	類 大喜び（非常歡喜）おおよろこ
004	笑う わら	自五 笑；譏笑	類 嘲る（嘲笑）あざけ 對 泣く（哭泣）な
005	ユーモア 【humor】	名 幽默，滑稽，詼諧	類 面白み（趣味）おもしろ
006	煩い うるさ	形 吵鬧；囉唆	類 騒がしい（吵鬧）さわ
007	怒る おこ	自五 生氣；斥責	類 腹立つ（生氣）はら だ
008	驚く おどろ	自五 驚嚇；吃驚，驚奇	類 仰天（大吃一驚）ぎょうてん
009	悲しい かな	形 悲傷，悲哀	類 哀れ（悲哀）あわ 對 嬉しい（高興）うれ
010	寂しい さび	形 孤單；寂寞	類 侘しい（寂寞）わび 對 賑やか（熱鬧）にぎ
011	残念 ざんねん	形動 遺憾，可惜	類 悔しい（後悔）くや
012	泣く な	自五 哭泣	類 号泣（大哭）ごうきゅう
013	びっくり	副・自サ 驚嚇，吃驚	類 驚く（驚嚇）おどろ

001	嬉しい <small>うれ</small>	☐ 高興，喜悅
002	楽しみ <small>たの</small>	☐ 期待，快樂
003	喜ぶ <small>よろこ</small>	☐ 高興
004	笑う <small>わら</small>	☐ 笑；譏笑
005	ユーモア【humor】	☐ 幽默，滑稽，詼諧
006	煩い <small>うるさ</small>	☐ 吵鬧；囉唆
007	怒る <small>おこ</small>	☐ 生氣；斥責
008	驚く <small>おどろ</small>	☐ 驚嚇；吃驚，驚奇
009	悲しい <small>かな</small>	☐ 悲傷，悲哀
010	寂しい <small>さび</small>	☐ 孤單；寂寞
011	残念 <small>ざんねん</small>	☐ 遺憾，可惜
012	泣く <small>な</small>	☐ 哭泣
013	びっくり	☐ 驚嚇，吃驚

參考答案

嬉しい　　　楽しみ　　　喜び　　　笑わ
<small>うれ</small>　　　<small>たの</small>　　　<small>よろこ</small>　　　<small>わら</small>

ユーモア　　うるさい　　怒　　　驚か
　　　　　　　　　　　<small>おこ</small>　　　<small>おどろ</small>

□ 誰^{だれ}でも、ほめられれば_____。

不管是誰，只要被誇都會很高興的。

□ みんなに会^あえるのを_____にしています。

我很期待與大家見面！

□ 弟^{おとうと}と遊^{あそ}んでやったら、とても_____ました。

我陪弟弟玩，結果他非常高興。

□ 失敗^{しっぱい}して、みんなに_____れました。

因失敗而被大家譏笑。

□ _____のある人^{ひと}が好^すきです。

我喜歡有幽默感的人。

□ _____なあ。静^{しず}かにしろ。

很吵耶，安靜一點！

□ 母^{はは}に_____られた。

被媽媽罵了一頓！

□ 彼^{かれ}にはいつも、_____される。

我總是被他嚇到。

□ 失敗^{しっぱい}してしまって、_____です。

失敗了，真是傷心。

□ _____ので、遊^{あそ}びに来^きてください。

因為我很寂寞，過來坐坐吧！

□ あなたが来^こないので、みんな_____がっています。

因為你沒來，大家都感到很遺憾。

□ 彼女^{かのじょ}は、「とても悲^{かな}しいです。」と言^いって_____。

她說：「真是難過啊。」，便哭了起來。

□ _____させないでください。

請不要嚇我。

⑨ 悲^{かな}しい   ⑩ 寂^{さび}しい   ⑪ 残念^{ざんねん}

⑫ 泣^ないた   ⑬ びっくり

3 傳達、通知與報導

001	電報 でんぽう	名 電報	類 電信（電信） でんしん
002	届ける とど	他下一 送達；送交	類 送付（交付） そうふ
003	送る おく	他五 寄送；送行	類 届ける（送達） とど
004	知らせる し	他下一 通知，讓對方知道	類 伝える（傳達） った
005	伝える った	他下一 傳達，轉告；傳導	類 知らせる（通知） し
006	連絡 れんらく	名・自他サ 聯繫，聯絡	類 通知（通知） つうち
007	尋ねる たず	他下一 問，打聽；詢問	類 聞く（問） き
008	調べる しら	他下一 查閱，調查	類 調查（調查） ちょうさ
009	返事 へんじ	名・自サ 回答，回覆	類 回答（回答） かいとう
010	天気予報 てんきよほう	名 天氣預報	類 お天気（天氣） てんき
011	放送 ほうそう	名・他サ 播映，播放	類 有線放送（有線播放） ゆうせんほうそう

（我猜對的單字）

□ 私が結婚したとき、彼はお祝いの＿＿＿＿＿をくれた。

我結婚的時候，他打了電報祝福我。

□ 忘れ物を＿＿＿＿＿くださって、ありがとう。

謝謝您幫我把遺失物送回來。

□ 東京にいる息子に、お金を＿＿＿＿＿やりました。

寄錢給在東京的兒子了。

□ このニュースを彼に＿＿＿＿＿てはいけない。

這個消息不可以讓他知道。

□ 私が忙しいということを、彼に＿＿＿＿＿ください。

請轉告他我很忙。

□ ＿＿＿＿＿ずに、仕事を休みました。

沒有聯絡就請假了。

□ 彼に＿＿＿＿＿けれど、わからなかったのです。

去請教過他了，但他不知道。

□ 秘書に＿＿＿＿＿させます。

我讓秘書去調查。

□ 早く、＿＿＿＿＿しろよ。

快點回覆我啦。

□ ＿＿＿＿＿＿＿＿ではああ言っているが、信用できない。

雖然天氣預報那樣說，但不能相信。

□ 英語の番組が＿＿＿＿＿されることがありますか。

有時會播放英語節目嗎？

---

08 調べ　　　09 返事
10 天気予報　11 放送

001	思い出す おも だ	他五 想起來，回想	類 回想（回憶） かいそう
002	思う おも	自五 覺得，感覺	類 考える（認為） かんが
003	考える かんが	他下一 想，思考；考慮；認為	類 思う（覺得） おも
004	はず	形式名詞 應該；會；確實	類 訳（原因） わけ
005	意見 いけん	名 意見；勸告	類 考え（想法） かんが
006	仕方 しかた	名 方法，做法	類 方法（方法） ほうほう
007	まま	名 如實，照舊，…就…；隨意	類 ように（像…一樣）
008	比べる くら	他下一 比較	類 比較（比較） ひかく
009	場合 ばあい	名 時候；狀況，情形	類 時（…的時候） とき
010	変 へん	形動 奇怪，怪異；意外	類 妙（奇妙） みょう
011	特別 とくべつ	名・形動 特別，特殊	類 格別（特別） かくべつ 對 一般（普通） いっぱん
012	大事 だいじ	名・形動 保重，重要（「大事さ」為形容動詞的名詞形）	類 大切（重要） たいせつ
013	相談 そうだん	名・自他サ 商量	類 話し合う（談話） はな あ
014	～に拠ると よ	自五 根據，依據	類 判斷（判斷） はんだん
015	そんな	連體 那樣的	

- [ ] 明日は休みだということを＿＿＿＿。

  我想起了明天是放假。

- [ ] 悪かったと＿＿＿＿なら、謝りなさい。

  如果覺得自己不對，就去賠不是。

- [ ] その問題は、彼に＿＿＿＿させます。

  我讓他想那個問題。

- [ ] 彼は、年末までに日本にくる＿＿＿＿です。

  他在年底前，應該會來日本。

- [ ] あの学生は、いつも＿＿＿＿を言いたがる。

  那個學生，總是喜歡發表意見。

- [ ] 誰か、上手な洗濯の＿＿＿＿を教えてください。

  有誰可以教我洗淨衣物的好方法？

- [ ] 靴もはかない＿＿＿＿、走りだした。

  沒穿鞋子，就跑起來了！

- [ ] 妹と＿＿＿＿と、姉の方がやっぱり美人だ。

  跟妹妹比起來，姊姊果然是美女。

- [ ] 彼が来ない＿＿＿＿は、電話をくれるはずだ。

  他不來的時候，應該會給我電話的。

- [ ] その服は、あなたが思うほど＿＿＿＿じゃないですよ。

  那件衣服，其實並沒有你想像中的那麼怪。

- [ ] 彼には、＿＿＿＿の練習をやらせています。

  讓他進行特殊的練習。

- [ ] 健康の＿＿＿＿さを知りました。

  領悟到健康的重要性。

- [ ] なんでも＿＿＿＿してください。

  什麼都可以找我商量。

- [ ] 天気予報＿＿＿＿、7時ごろから雪が降りだすそうです。

  根據氣象報告說，7點左右將開始下雪。

- [ ] ＿＿＿＿ことはない。

  沒那回事。

⑨ 場合　⑩ 変　⑪ 特別　⑫ 大事
⑬ 相談　⑭ によると　⑮ そんな

001	ため	名 （表目的）為了；（表原因）因為	類 ので（因為）
002	何故 なぜ	副 為什麼	類 どうして（為什麼）
003	原因 げんいん	名 原因	類 理由（理由）
004	理由 りゆう	名 理由，原因	類 事情（內情）
005	訳 わけ	名 原因，理由；意思	類 旨（要點）
006	正しい ただ	形 正確；端正	類 正当（正當）
007	合う あ	自五 合；一致；正確	類 一致（相符）
008	必要 ひつよう	名・形動 需要	類 必需（必需） 對 不要（不需要）
009	宜しい よろ	形 好，可以	類 良い（好）
010	無理 むり	形動 不合理；勉強；逞強；強求	類 不当（不正當） 對 道理（道理）
011	駄目 だめ	名 不行；沒用；無用	類 無駄（徒勞）
012	つもり	名 打算；當作	類 覚悟（決心）
013	決まる き	自五 決定	類 決定（決定）
014	反対 はんたい	名・自サ 相反；反對	類 異議（異議） 對 賛成（贊成）

參考答案　01 ため　　02 なぜ　　03 原因 げんいん　　04 理由 りゆう
05 訳 わけ　　06 正しい ただ　　07 合え あ

☐ あなたの＿＿＿＿＿＿＿に買ってきたのに、食べないの？

這是特地為你買的，你不吃嗎？

☐ ＿＿＿＿＿＿＿留学することにしたのですか。

為什麼決定去留學呢？

☐ ＿＿＿＿＿＿＿は、小さなことでございました。

原因是一件小事。

☐ 彼女は、＿＿＿＿＿＿＿を言いたがらない。

她不想說理由。

☐ 私がそうしたのには、＿＿＿＿＿＿＿があります。

我那樣做，是有原因的。

☐ 私の意見が＿＿＿＿＿＿＿かどうか、教えてください。

請告訴我，我的意見是否正確。

☐ 時間が＿＿＿＿＿＿＿ば、会いたいです。

如果時間能配合，希望能見一面。

☐ ＿＿＿＿＿＿＿だったら、さしあげますよ。

如果需要，就送您。

☐ ＿＿＿＿＿＿＿ければ、お茶をいただきたいのですが。

如果可以的話，我想喝杯茶。

☐ 病気のときは、＿＿＿＿＿＿＿をするな。

生病時不要太勉強。

☐ そんなことをしたら＿＿＿＿＿＿＿です。

不可以做那樣的事。

☐ 父には、そう説明する＿＿＿＿＿＿＿です。

打算跟父親那樣說明。

☐ 先生が来るかどうか、まだ＿＿＿＿＿＿＿いません。

老師還沒決定是否要來。

☐ あなたが社長に＿＿＿＿＿＿＿しちゃ、困りますよ。

你要是跟社長作對，我會很頭痛的。

⑩ 必要	⑫ よろし	⑩ 無理	⑪ だめ
⑫ つもり	⑬ 決まって	⑭ 反対	

001 □□□ □□	経験 けいけん	名・他サ 經驗	類 見聞（見聞） けんぶん
002 □□□ □□	事 こと	名 事情	類 事柄（事物的內容） ことがら
003 □□□ □□	説明 せつめい	名・他サ 說明	類 解釈（解釋） かいしゃく
004 □□□ □□	承知 しょうち	名・他サ 知道，了解，同意；接受	類 受け入れる（接納） う い 對 断る（謝絕） ことわ
005 □□□ □□	受ける う	他下一 接受；受；領得；應考	類 貰う（取得） もら
006 □□□ □□	構う かま	自他五 在意，理會；逗弄	類 お節介（多管閒事） せっかい
007 □□□ □□	嘘 うそ	名 謊言，說謊	類 偽り（謊言） いつわ 對 真実（真相） しんじつ
008 □□□ □□	なるほど	副 原來如此	類 確かに（的確） たし
009 □□□ □□	変える か	他下一 改變；變更	類 改める（改變） あらた
010 □□□ □□	変わる か	自五 變化，改變	類 一新（革新） いっしん
011 □□□ □□	あ（っ）	感 啊（突然想起、吃驚的樣子）哎呀；（打招呼）喂	
012 □□□ □□	うん	感 對，是	
013 □□□ □□	そう	感・副 那樣，這樣	類 それ程（那麼地） ほど
014 □□□ □□	～について	連語 關於	

□ _____がないまま、この仕事をしている。

我在沒有經驗的情況下，從事這份工作。

□ おかしい_____を言ったのに、だれも面白がらない。

説了滑稽的事，卻沒人覺得有趣。

□ 後で_____をするつもりです。

我打算稍後再說明。

□ 彼がこんな条件で_____するはずがありません。

他不可能接受這樣的條件。

□ いつか、大学院を_____たいと思います。

我將來想考研究所。

□ あんな男には_____な。

不要理會那種男人。

□ 彼は、_____ばかり言う。

他老愛說謊。

□ _____、この料理は塩を入れなくてもいいんですね。

原來如此，這道菜不加鹽也行呢！

□ がんばれば、人生を_____こともできるのだ。

只要努力，人生也可以改變的。

□ 彼は、考えが_____ようだ。

他的想法好像變了。

□ _____、雨が止みましたね。

啊！停了耶。

□ _____、僕は UFO を見たことがあるよ。

對，我看過 UFO 喔！

□ 彼は、_____言いつづけていた。

他不斷地那樣説著。

□ みんなは、あなたが旅行_____話すことを期待しています。

大家很期待聽你説有關旅行的事。

㉚ なるほど ㉜ 変える ㉝ 変わった ㉝ あっ

㉝ うん ㉝ そう ㉟ について

001	会話 かいわ	名 會話	類 話し合い（談話）
002	発音 はつおん	名 發音	類 アクセント（accent／語調）
003	字 じ	名 字	類 文字（文字）
004	文法 ぶんぽう	名 文法	
005	日記 にっき	名 日記	類 日誌（日記）
006	文化 ぶんか	名 文化；文明	類 文明（文明） 對 自然（自然）
007	文学 ぶんがく	名 文學	類 小説（小説）
008	小説 しょうせつ	名 小説	類 作り話（虛構的故事）
009	テキスト【text】	名 教科書	類 教科書（課本）
010	漫画 まんが	名 漫畫	類 戯画（漫畫）
011	翻訳 ほんやく	名・他サ 翻譯	類 訳す（翻譯）

我想學的單字

參考答案
① 会話 かいわ
② 発音 はつおん
③ 字 じ
④ 文法 ぶんぽう
⑤ 日記 にっき
⑥ 文化 ぶんか
⑦ 文学、文学 ぶんがく ぶんがく

152

□ _____の練習をしても、なかなか上手になりません。

即使練習會話，也始終不見進步。

□ 日本語の_____を直してもらっているところです。

正在請他幫我矯正日語的發音。

□ 田中さんは、_____が上手です。

田中小姐的字寫得很漂亮。

□ _____を説明してもらいたいです。

想請你説明一下文法。

□ _____は、もう書きおわった。

日記已經寫好了。

□ 外国の_____について知りたがる。

我想多了解外國的文化。

□ アメリカ_____は、日本_____ほど好きではありません。

我對美國文學，沒有像日本文學那麼喜歡。

□ 先生がお書きになった_____を読みたいです。

我想看老師所寫的小説。

□ 読みにくい_____ですね。

真是一本難以閲讀的教科書呢！

□ _____ばかりで、本はぜんぜん読みません。

光看漫畫，完全不看書。

□ 英語の小説を_____しようと思います。

我想翻譯英文小説。

08 小説　　　09 テキスト
10 漫画　　　11 翻訳

1 時間副詞

001	急_{きゅう}に	副 突然	類 突然_{とつぜん}（突然）
002	これから	連語 接下來，現在起	類 今後_{こんご}（今後）
003	暫_{しばら}く	副 暫時，一會兒；好久	類 一時_{いちじ}（暫時）
004	ずっと	副 更；一直	類 いつも（隨時、往常）
005	そろそろ	副 快要；緩慢	類 間_まもなく（不久）
006	偶_{たま}に	副 偶爾	類 殆_{ほとん}ど（幾乎） 對 度々_{たびたび}（多次）
007	到頭_{とうとう}	副 終於	類 遂_{つい}に（終於）
008	久_{ひさ}しぶり	名・副 許久，隔了好久	類 ひさびさ（許久）
009	先_まず	副 首先，總之	類 とりあえず（總之）
010	もう直_すぐ	副 不久，馬上	
011	やっと	副 終於，好不容易	類 何_{なん}とか（設法）
012	急_{きゅう}	名・形動 急；突然	

參考答案
- 急_{きゅう}に
- ずっと
- これから
- そろそろ
- しばらく
- たまに

154

□ 車は、_____止まることができない。
車子沒辦法突然停下來。

□ _____、母にあげるものを買いに行きます。
接下來要去買送母親的禮物。

□ _____会社を休むつもりです。
我打算暫時向公司請假。

□ _____ほしかったギターをもらった。
收到一直想要的吉他。

□ _____2時でございます。
快要兩點了。

□ _____祖父の家に行かなければならない。
偶爾得去祖父家才行。

□ _____、国に帰ることになりました。
終於決定要回國了。

□ _____に、卒業した学校に行ってみた。
隔了許久才回畢業的母校看看。

□ _____ここにお名前をお書きください。
首先請在這裡填寫姓名。

□ この本は、_____読み終わります。
這本書馬上就要看完了。

□ _____来てくださいましたね。
您終於來了。

□ _____な用事。
急事。

---

③⑦ とうとう　　　③⑨ 久しぶり　　　④① まず

③⑧ もうすぐ　　　④① やっと　　　④② 急

53

001	幾ら〜ても	副 無論…也（不）…	
002	一杯	副 滿滿地；很多	類 充実（充實）
003	随分	副 相當地	類 可成り（相當）
004	すっかり	副 完全，全部	類 全て（一切）
005	全然	副（接否定）完全（不）…，一點也（不）…	類 何にも（什麼也…）
006	そんなに	連體 那麼，那樣	類 それ程（那麼地）
007	それ程	副 那麼地	類 そんなに（那麼…）
008	大体	副 大部分；大致，大概	類 凡そ（大概）
009	大分	副 相當地	類 随分（非常）
010	ちっとも	副 一點也（不）…	類 少しも（一點也〈不〉…）
011	出来るだけ	副 盡可能地	類 精々（盡可能）

找想學的單字

□ _____ほしく_____、これはさしあげられません。

無論你多想要，這個也不能給你。

□ そんなに_____くださったら、多すぎます。

您給我那麼多，太多了。

□ 彼は、「_____立派な家ですね。」と言った。

他說：「真是相當豪華的房子呀。」

□ 部屋は_____片付けてしまいました。

房間全部整理好了。

□ _____勉強したくないのです。

我一點也不想唸書。

□ _____見たいなら、見せてさしあげますよ。

那麼想看的話，就給你看吧！

□ 映画が、_____面白くなくてもかまいません。

電影不是那麼有趣也沒關係。

□ 練習して、この曲は_____弾けるようになった。

練習以後，大致會彈這首曲子了。

□ _____元気になりましたから、もう薬を飲まなくてもいいです。

已經好很多了，所以不吃藥也沒關係的。

□ お菓子ばかり食べて、_____野菜を食べない。

光吃甜點，青菜一點也不吃。

□ _____お手伝いしたいです。

我會盡力幫忙的。

⑱ だいたい　⑫ だいぶ
⑩ ちっとも　⑬ できるだけ

012	中々 <ruby>中々<rt>なかなか</rt></ruby>	副 （後接否定）總是（無法）	類 どうしても（無論如何）
013	なるべく	副 盡量，盡可能	類 <ruby>出来<rt>でき</rt></ruby>るだけ（盡可能）
014	ばかり	副助 光，淨	類 だけ（僅僅）
015	非常に <ruby>非常<rt>ひじょう</rt></ruby>に	副 非常，很	類 とても（非常…）
016	別に <ruby>別<rt>べつ</rt></ruby>に	副 分開；額外；除外；（後接否定）（不）特別，（不）特殊	類 <ruby>特<rt>とく</rt></ruby>に（特地，特別）
017	程 <ruby>程<rt>ほど</rt></ruby>	副助 …的程度	
018	殆ど <ruby>殆<rt>ほとん</rt></ruby>ど	副 幾乎	類 あまり（不太…）
019	割合に <ruby>割合<rt>わりあい</rt></ruby>に	副 比較地	類 <ruby>割<rt>わり</rt></ruby>に（分外）
020	十分 <ruby>十分<rt>じゅうぶん</rt></ruby>	副・形動 充分，足夠	類 <ruby>満足<rt>まんぞく</rt></ruby>（滿足） 對 <ruby>不十分<rt>ふじゅうぶん</rt></ruby>（不充足）
021	もちろん	副 當然	
022	やはり	副 依然，仍然，終究	

參考答案
なかなか　なるべく　ばかり　<ruby>非常<rt>ひじょう</rt></ruby>に
<ruby>別<rt>べつ</rt></ruby>に　ほど　ほとんど

□ ＿＿＿＿＿さしあげる機会がありません。

始終沒有送他的機會。

□ ＿＿＿＿＿明日までにやってください。

請盡量在明天以前完成。

□ そんなこと＿＿＿＿＿言わないで、元気を出して。

別淨説那樣的話，打起精神來。

□ 王さんは、＿＿＿＿＿元気そうです。

王先生看起來很有精神。

□ ＿＿＿＿＿教えてくれなくてもかまわないよ。

不用特別教我也沒關係。

□ あなた＿＿＿＿＿上手な文章ではありませんが、なんとか書き終わったところです。

我的文章程度沒有你寫得好，但總算是完成了。

□ みんな、＿＿＿＿＿食べ終わりました。

大家幾乎用餐完畢了。

□ 東京の冬は、＿＿＿＿＿寒いだろうと思う。

我想東京的冬天，應該比較冷吧！

□ 昨日は、＿＿＿＿＿お休みになりましたか。

昨晚有好好休息了嗎？

□ ＿＿＿＿＿あなたは正しい。

當然你是對的。

□ 子どもは＿＿＿＿＿子どもだ。

小孩終究是小孩。

⑲ 割合に　⑳ 十分
㉑ もちろん　㉒ やはり

3 思考、狀態副詞

001	ああ	副 那樣	類 あのように（那樣）
002	確<ruby>確<rt>たし</rt></ruby>か	形動・副 確實，可靠；大概	類 確実（確實）
003	如<ruby>如何<rt>いかが</rt></ruby>何	副 如何，怎麼樣	類 どう（怎麼樣）
004	必<ruby>必<rt>かなら</rt></ruby>ず	副 一定，務必，必須	類 確かに（的確） 對 恐らく（恐怕）
005	代<ruby>代<rt>か</rt></ruby>わり	副 代替，替代；交換	類 代替（代替）
006	きっと	副 一定，務必	類 必ず（必定）
007	決<ruby>決<rt>けっ</rt></ruby>して	副 （後接否定）絕對（不）	對 絶対（絕對）
008	こう	副 如此；這樣，這麼	
009	確<ruby>確<rt>しっか</rt></ruby>り	副・自サ 紮實，落實；可靠	類 確実（確實）
010	是<ruby>是非<rt>ぜひ</rt></ruby>非	副 務必；好與壞	類 どうしても（無論如何）
011	例<ruby>例<rt>たと</rt></ruby>えば	副 例如	
012	特<ruby>特<rt>とく</rt></ruby>に	副 特地，特別	類 特別（特別）
013	はっきり	副 清楚，露骨	類 明らか（顯然）
014	若<ruby>若<rt>も</rt></ruby>し	副 如果，假如	類 或は（或者）
015	やはり／やっぱり	副 還是，仍然	類 果たして（果真）

參考答案
| 01 ああ | 02 確か | 03 いかが | 04 必ず |
| 05 代わり | 06 きっと | 07 決して | 08 こう |

☐ 私があの時＿＿＿＿言ったのは、よくなかったです。

我當時那樣說並不恰當。

☐ ＿＿＿＿、彼もそんな話をしていました。

他確實也説了那樣的話。

☐ こんな洋服は、＿＿＿＿ですか。

這一類的洋裝，您覺得如何？

☐ この仕事を10時までに＿＿＿＿やっておいてね。

10點以前一定要完成這個工作。

☐ 父の＿＿＿＿に、その仕事をやらせてください。

請讓我代替父親，做那個工作。

☐ ＿＿＿＿彼が行くことになるでしょう。

一定會是他去吧！

☐ このことは、＿＿＿＿だれにも言えない。

這件事我絕對沒辦法跟任何人説。

☐ そうしてもいいが、＿＿＿＿することもできる。

雖然那樣也可以，但這樣做也可以。

☐ ビジネスのやりかたを、＿＿＿＿勉強してきます。

我要紮紮實實去把做生意的要領學回來。

☐ あなたの作品を＿＿＿＿読ませてください。

請務必讓我拜讀您的作品。

☐ ＿＿＿＿、こんなふうにしたらどうですか。

例如像這樣擺可以嗎？

☐ ＿＿＿＿、手伝ってくれなくてもかまわない。

不用特地來幫忙也沒關係。

☐ 君は＿＿＿＿言いすぎる。

你説得太露骨了。

☐ ＿＿＿＿ほしければ、さしあげます。

如果想要就送您。

☐ ＿＿＿＿、がんばってみます。

我還是再努力看看。

---

⑨ しっかり　⑩ ぜひ　⑪ 例えば　⑫ 特に

⑬ はっきり　⑭ もし　⑮ やっぱり

001	**すると**	接續 於是；這樣一來	類 その後（後來）
002	**それで**	接續 後來，那麼	類 其処で（<轉移話題>那麼）
003	**それに**	接續 而且，再者，又	類 その上（而且）
004	**だから**	接續 所以，因此	類 ので（因此）
005	**又は**	接續 或者	類 あるいは（或者）
006	**けれど／けれども**	接助 但是	類 しかし（但是）
007	**～置き**	接尾 每隔…	
008	**～月**	接尾 …月	
009	**～会**	接尾 …會	類 集まり（集會）
010	**～倍**	名・接尾 倍，加倍	
011	**～軒**	接尾 …間，…家	類 屋根（屋頂）
012	**～ちゃん**	接尾 （表親暱稱謂）小…	對 くん（君）
013	**～君**	接尾 君	對 ちゃん（小…）

□ _____、あなたは明日学校に行かなければならないのですか。

這樣一來，你明天不就得去學校了嗎？

□ _____、いつまでに終わりますか。

那麼，什麼時候結束呢？

□ その映画は面白いし、_____歴史の勉強にもなる。

這電影不僅有趣，又能從中學到歷史。

□ 明日はテストです。_____、今準備しているところです。

明天考試。所以，現在正在準備。

□ ペンか、_____鉛筆をくれませんか。

可以給我筆或鉛筆嗎？

□ 夏の暑さは厳しい_____、冬は過ごしやすいです。

那裡夏天的酷熱非常難受，但冬天很舒服。

□ 天気予報によると、1日_____に雨が降るそうだ。

根據氣象報告，每隔一天會下雨。

□ 1_____1日、ふるさとに帰ることにした。

我決定1月1日回鄉下。

□ 展覧_____は、終わってしまいました。

展覽會結束了。

□ 今年から、_____の給料をもらえるようになりました。

今年起可以領到雙倍的薪資了。

□ 村には、薬屋が3_____もあるのだ。

村裡竟有3家藥局。

□ まい_____は、何にする。

小舞，你要什麼？

□ 田中_____でも、誘おうかと思います。

我在想是不是也邀請田中君。

⑨会　⑩倍　⑪軒
⑫ちゃん　⑬君

014 ~様（さま）	接尾 先生，小姐	類 さん（先生，小姐）
015 ~目（め）	接尾 第…	
016 ~家（か）	接尾 …家	
017 ~式（しき）	接尾 …典禮	類 儀式（ぎしき）（儀式）
018 ~製（せい）	接尾 …製	
019 ~代（だい）	接尾 （年齡範圍）…多歲	類 世代（せだい）（世代）
020 ~出す（だ）	接尾 開始…	
021 ~難い（にく）／~悪い（にく）	接尾 難以，不容易	類 難い（かた）（難以…）
022 ~やすい	接尾 容易…	類 がち（往往）
023 ~過ぎる（す）	接尾 過於…	類 過度（かど）（過度）
024 御~（ご）	接頭 貴（接在跟對方有關的事物、動作的漢字詞前）表示尊敬語、謙讓語	類 お（＜表尊敬＞貴）
025 ~ながら	接助 一邊…，同時…	類 つつ（一面…一面…）
026 ~方（かた）	接尾 …方法	

□ 山田_____、どうぞお入りください。

山田先生，請進。

□ 田中さんは、右から3人_____の人だと思う。

我想田中應該是從右邊算起的第3位。

□ この問題は、専門_____でも難しいでしょう。

這個問題，連專家也會被難倒吧！

□ 入学_____の会場はどこだい？

開學典禮的禮堂在哪裡？

□ 先生がくださった時計は、スイス_____だった。

老師送我的手錶，是瑞士製的。

□ この服は、30_____とか40_____とかの人のために作られました。

這件衣服是為 30 到 40 多歲的人做的。

□ うちに着くと、雨が降り_____。

一到家，便開始下起雨來了。

□ 食べ_____ければ、スプーンを使ってください。

如果不方便吃，請用湯匙。

□ 風邪をひき_____ので、気をつけなくてはいけない。

容易感冒，所以得小心一點。

□ 食べ_____と太りますよ。

吃太多會變胖喔。

□ _____近所にあいさつをしなくてもいいですか。

不跟（貴）鄰居打聲招呼好嗎？

□ 子どもが、泣き_____走ってきた。

小孩邊哭邊跑過來。

□ 作り_____を学ぶ。

學習做法。

㉒ やすい　　　㉓ 過ぎる　　　㉔ ご

㉕ ながら　　　㉖ 方

5 尊敬與謙讓用法

Download 56

001	いらっしゃる	自五 來，去，在（尊敬語）	類 行<ruby>行<rt>い</rt></ruby>く、<ruby>来<rt>く</rt></ruby>る（去；來）
002	おいでになる	自五 來，去，在（尊敬語）	類 <ruby>行<rt>い</rt></ruby>く、<ruby>来<rt>く</rt></ruby>る（去；來）
003	ご<ruby>存知<rt>ぞん じ</rt></ruby>	名 您知道（尊敬語）	類 <ruby>理解<rt>り かい</rt></ruby>（理解）
004	ご<ruby>覧<rt>らん</rt></ruby>になる	他五 看，閱讀（尊敬語）	類 <ruby>見<rt>み</rt></ruby>る（看）
005	なさる	他五 做	類 する（做）
006	<ruby>召<rt>め</rt></ruby>し<ruby>上<rt>あ</rt></ruby>がる	他五 （敬）吃，喝	類 <ruby>食<rt>た</rt></ruby>べる（吃）
007	<ruby>致<rt>いた</rt></ruby>す	自他五 （"する"的謙恭說法）做，辦；致；有…，感覺…	類 する（做）
008	<ruby>頂<rt>いただ</rt></ruby>く／<ruby>戴<rt>いただ</rt></ruby>く	他五 接收；領取；吃，喝	類 <ruby>受<rt>う</rt></ruby>け<ruby>取<rt>と</rt></ruby>る（接收）
009	<ruby>伺<rt>うかが</rt></ruby>う	他五 拜訪；打聽（謙讓語）	類 <ruby>訪<rt>おとず</rt></ruby>れる（訪問）
010	おっしゃる	他五 說，講，叫	類 <ruby>言<rt>い</rt></ruby>う（說）

哪裡不一樣呢？

<ruby>頂<rt>いただ</rt></ruby>く

領受，接收。

<ruby>差<rt>さ</rt></ruby>し<ruby>上<rt>あ</rt></ruby>げる

給予，敬獻。

參考答案
- いらっしゃら
- おいでになり
- ご<ruby>存知<rt>ぞん じ</rt></ruby>
- ごらんになる
- なさった
- <ruby>召<rt>め</rt></ruby>し<ruby>上<rt>あ</rt></ruby>がり

□ 忙しければ、＿＿＿＿＿なくてもいいですよ。

如果很忙，不來也沒關係的。

□ 明日のパーティーに、社長は＿＿＿＿＿ますか。

明天的派對，社長會蒞臨嗎？

□ ＿＿＿＿＿のことをお教えください。

請告訴我您所知道的事。

□ ここから、富士山を＿＿＿＿＿ことができます。

從這裡可以看到富士山。

□ どうして、あんなことを＿＿＿＿のですか。

您為什麼會做那種事呢？

□ お菓子を＿＿＿＿＿ませんか。

要不要吃一點點心呢？

□ このお菓子は、変わった味が＿＿＿＿ますね。

這個糕點有奇怪的味道。

□ その品物は、私が＿＿＿＿かもしれない。

那商品也許我會接收。

□ 先生のお宅に＿＿＿＿ことがあります。

我拜訪過老師家。

□ なにか＿＿＿＿＿ましたか。

您說什麼呢？

萬用會話

您說了什麼嗎？

何かおっしゃいましたか。

沒有，我什麼都沒說啊。

いえ、何も言ってないですよ。

⑦ 致し　　　⑧ いただく

⑨ うかがった　⑩ おっしゃい

011	下<ruby>く<rt>だ</rt></ruby>さる	他五 給，給予	類 <ruby>呉<rt>く</rt></ruby>れる（給予）
012	差<ruby>さ</ruby>し上<ruby>あ</ruby>げる	他下一 給（"あげる"謙讓語）	類 <ruby>与<rt>あた</rt></ruby>える（給予）
013	拝見<ruby>はいけん</ruby>・する	名・他サ 看，拜讀	類 <ruby>見<rt>み</rt></ruby>る（看）
014	参<ruby>まい</ruby>る	自五 來，去（"<ruby>行<rt>い</rt></ruby>く、<ruby>来<rt>く</rt></ruby>る"的謙讓語）	類 <ruby>行<rt>い</rt></ruby>く、<ruby>来<rt>く</rt></ruby>る（去／來）
015	申<ruby>もう</ruby>し上<ruby>あ</ruby>げる	他下一 說（「<ruby>言<rt>い</rt></ruby>う」的謙讓語）	類 <ruby>話<rt>はな</rt></ruby>す（講）
016	申<ruby>もう</ruby>す	自五 說，叫	類 <ruby>言<rt>い</rt></ruby>う（説）
017	～ございます	特殊形 "ある"、"あります"的鄭重說法表示尊敬，可不解釋	類 <ruby>在<rt>あ</rt></ruby>る（事物存在的狀態）
018	～でございます	自・特殊形 "だ"、"です"、"である"的鄭重說法	類 である（表斷定、説明）
019	居<ruby>お</ruby>る	自五 （謙讓語）有	
020	存<ruby>ぞん</ruby>じ上<ruby>あ</ruby>げる	他下一 知道（自謙語）	

哪裡不一樣呢？

ご存知<ruby>ぞんじ</ruby>

尊敬地詢問對方是否知道某事。

存<ruby>ぞん</ruby>じ上<ruby>あ</ruby>げる

謙遜地告訴對方自己知道某事。

☐ 先生が、今本を＿＿＿＿ところです。

老師剛把書給我。

☐ ＿＿＿＿＿＿薬を、毎日お飲みになってください。

開給您的藥，請每天服用。

☐ 写真を＿＿＿＿＿ところです。

剛看完您的照片。

☐ ご都合がよろしかったら、2時に＿＿＿＿ます。

如果您時間方便，我兩點過去。

☐ 先生にお礼を＿＿＿＿ようと思います。

我想跟老師道謝。

☐ 「雨が降りそうです。」と＿＿＿＿ました。

我說：「好像要下雨了。」

☐ 山田はただいま接客中で＿＿＿＿＿。

山田正在和客人會談。

☐ 店員は、「こちらはたいへん高級なワイン＿＿＿＿＿。」と言いました。

店員說：「這是非常高級的葡萄酒。」

☐ 社長は今＿＿＿＿ません。

社長現在不在。

☐ お名前は＿＿＿＿＿おります。

久仰大名。

下さる

尊敬地表示對方給予自己某
物或提供幫助。

やる

給予晚輩或動植物提供幫助。

⑰ ございます　⑱ でございます
⑲ おり　　　　⑳ 存じ上げて

169

模擬試題 **錯題糾錯＋解題攻略筆記！**

錯題＆錯解

正解＆解析

參考資料

絕對合格
日檢必考單字

N4

新制對應！

第一回　新制日檢模擬考題　文字・語彙
第二回　新制日檢模擬考題　文字・語彙
第三回　新制日檢模擬考題　文字・語彙

＊以「國際交流基金日本國際教育支援協會」的「新しい『日本語能力試
　驗』ガイドブック」為基準的三回「文字・語彙　模擬考題」。

問題1　漢字讀音問題　應試訣竅

這一題要考的是漢字讀音問題。出題形式改變了一些，但考點是一樣的。預估出9題。

漢字讀音分音讀跟訓讀，預估音讀跟訓讀將各佔一半的分數。音讀中要注意的有濁音、長短音、促音、撥音…等問題。而日語固有讀法的訓讀中，也要注意特殊的讀音單字。當然，發音上有特殊變化的單字，出現比率也不低。我們歸納分析一下：

1. 音讀：接近國語發音的音讀方法。如：「花」唸成「か」、「犬」唸成「けん」。

2. 訓讀：日本原來就有的發音。如：「花」唸成「はな」、「犬」唸成「いぬ」。

3. 熟語：由兩個以上的漢字組成的單字。如：「練習、切手、毎朝、見本、為替」等。其中還包括日本特殊的固定讀法，就是所謂的「熟字訓読み」。如：「小豆」（あずき）、「土産」（みやげ）、「海苔」（のり）等。

4. 發音上的變化：字跟字結合時，產生發音上變化的單字。如：春雨（はるさめ）、反応（はんのう）、酒屋（さかや）等。

もんだい1　＿＿＿のことばはどうよみますか。1・2・3・4からいちばんいいものを一つえらんでください。

1 かれにもらった指輪をなくしてしまったようです。

　　1　よびわ　　　　　　2　ゆびは　　　　　3　ゆびわ　　　　4　ゆひは

2 この文法がまちがっている<u>理由</u>をおしえてください。
　1　りよう　　　　　2　りゆ　　　　3　りいよう　　　4　りゆう

3 <u>運転手</u>さんに文化かいかんへの行き方を聞きました。
　1　うんでんしょ　　　　　　　　2　うんでんしょ
　3　うんてんしゅう　　　　　　　4　うんてんしゅ

4 校長せんせいのおはなしがおわったら、すいえいの<u>競争</u>がはじまります。
　1　きょそう　　　　2　きょうそ　　　3　きょうそう　　4　きょうそお

5 ことし100さいになる男性もパーティーに<u>招待</u>されました。
　1　しょうたい　　　2　しょうだい　　3　しょおたい　　4　しょうた

6 <u>小説</u>をよみはじめるまえに食料品をかいにスーパーへいきます。
　1　しょうせつ　　　2　しょおせつ　　3　しゃせつ　　　4　しょうせっつ

7 <u>果物</u>のおさけをつくるときは、3かげつぐらいつけたほうがいい。
　1　くたもの　　　　2　くだもん　　　3　くだもの　　　4　くだも

8 <u>再来月</u>、祖母といっしょに展覧会にいくつもりです。
　1　さいらいげつ　　2　らいげつ　　　3　さらいげつ　　4　さらいつき

9 <u>美術館</u>にゴッホの作品が展示されています。
　1　みじゅつかん　　　　　　　　2　びじゅつかん
　3　めいじゅつかん　　　　　　　4　げいじゅつかん

問題2　漢字書寫問題　應試訣竅

　　這一題要考的是漢字書寫問題，出題形式改變了一些，但考點是一樣的。問題預估為6題。

　　這道題要考的是音讀漢字跟訓讀漢字，預估將各佔一半的分數。音讀漢字考點在識別詞的同音異字上，訓讀漢字考點在掌握詞的意義，及該詞的表記漢字上。

　　解答方式，首先要仔細閱讀全句，從句意上判斷出是哪個詞，浮想出這個詞的表記漢字，確定該詞的漢字寫法。也就是根據句意確定詞，根據詞意來確定字。如果只看畫線部分，很容易張冠李戴，要小心。

もんだい2 　＿＿＿のことばはどうかきますか。１・２・３・４からいちばんいいものを一つえらんでください。

10　ねつが36どまでさがったから、もう心配しなくていいです。
　　1　塾　　　　　　　2　熱　　　　　　3　熟　　　　　　4　勢

11　へやのすみは道具をつかってきれいにそうじしなさい。
　　1　遇　　　　　　　2　隅　　　　　　3　禺　　　　　　4　偶

12　にほんせいの機械はとても高いそうですよ。
　　1　姓　　　　　　　2　性　　　　　　3　製　　　　　　4　制

13　ごぞんじのとおり、このパソコンはこしょうしています。
　　1　古障　　　　　　2　故障　　　　　3　故章　　　　　4　故症

14 事務所のまえに<u>ちゅうしゃじょう</u>がありますので、くるまできてもいいですよ。

   1　注車場　　　　　2　往車場　　　　　3　駐車場　　　　　4　駐車所

15 <u>くつ</u>のなかに砂がはいって、あるくといたいです。

   1　靴　　　　　　　2　鞍　　　　　　　3　鞄　　　　　　　4　鞘

問題3 選擇符合文脈的詞彙問題 應試訣竅

這一題要考的是選擇符合文脈的詞彙問題。這是延續舊制的出題方式，問題預估為10題。

這道題主要測試考生是否能正確把握詞義，如類義詞的區別運用能力，及能否掌握日語的獨特用法或固定搭配等等。預測名詞、動詞、形容詞、副詞的出題數都有一定的配分。另外，外來語也估計會出一題，要多注意。

由於我們的國字跟日本的漢字之間，同形同義字佔有相當的比率，這是我們得天獨厚的地方。但相對的也存在不少的同形不同義的字，這時候就要注意，不要太拘泥於國字的含義，而混淆詞義。應該多從像「暗号で送る」（用暗號發送）、「絶対安静」（得多靜養）、「口が堅い」（口風很緊）等日語固定的搭配，或獨特的用法來做練習才是。以達到加深對詞義的理解、觸類旁通、豐富詞彙量的目的。

もんだい3 （　　　）になにをいれますか。1・2・3・4からいちばんいいものを一つえらんでください。

16 さむいのがすきですから、＿＿＿＿＿＿はあまりつけません。

　1　だんぼう　　　　2　ふとん　　　　3　コート　　　　4　れいぼう

17 きのう、おそくねたので、きょうは＿＿＿＿＿＿。

　1　うんてんしました　　　　　　　2　うんどうしました

　3　ねぼうしました　　　　　　　　4　すべりました

18 6じを＿＿＿＿＿＿、しょくじにしましょうか。

　1　きたら　　　　2　くると　　　　3　まえ　　　　4　すぎたら

19 けんきゅうしつのせんせいは、せいとにとても＿＿＿＿＿です。

1 くらい　　　　　2 うれしい　　　3 きびしい　　　4 ひどい

20 かいしゃにいく＿＿＿＿＿、ほんやによりました。

1 うちに　　　　　2 あいだ　　　　3 ながら　　　　4 とちゅうで

21 おとうとをいじめたので、ははに＿＿＿＿＿。

1 しっかりしました　　　　　　2 しっぱいしました

3 よばれました　　　　　　　　4 しかられました

22 もう＿＿＿＿＿だとおもいますが、アメリカにりゅうがくすることになりました。

1 ごちそう　　　　2 ごくろう　　　3 ごぞんじ　　　4 ごらん

23 かぜをひいたので、あさから＿＿＿＿＿がいたいです。

1 こえ　　　　　　2 のど　　　　　3 ひげ　　　　　4 かみ

24 こうこうせいになったので、＿＿＿＿＿をはじめることにしました。

1 カーテン　　　　2 オートバイ　　3 アルバイト　　4 テキスト

25 なつやすみになったら、＿＿＿＿＿おばあちゃんにあいにいこうとおもいます。

1 ひさしぶりに　　2 だいたい　　　3 たぶん　　　　4 やっと

問題4　替換同義詞　應試訣竅

　　這一題要考的是替換同義詞，或同一句話不同表現的問題，這是延續舊制的出題方式，問題預估為5題。

　　這道題的題目預測會給一個句子，句中會有某個關鍵詞彙，請考生從4個選項句中，選出意思跟題目句中該詞彙相近的詞來。看到這種題型，要能馬上反應出，句中關鍵字的類義跟對義詞。如：「太る」（肥胖）的類義詞有「肥える、肥る…」等；「太る」的對義詞有「やせる…」等。

　　這對這道題，準備的方式是，將詞義相近的字一起記起來。這樣，透過聯想記憶來豐富詞彙量，並提高答題速度。

　　另外，針對同一句話不同表現的「換句話說」問題，可以分成幾種不同的類型，進行記憶。例如：

比較句

○中小企業は大手企業より資金力が乏しい。

○大手企業は中小企業より資金力が豊かだ。

分裂句

○今週買ったのは、テレビでした。

○今週は、テレビを買いました。

○部屋の隅に、ごみが残っています。

○ごみは、部屋の隅にまだあります。

敬語句

○お支払いはいかがなさいますか。

○お支払いはどうなさいますか。

同概念句

○夏休みに桜が開花する。

○夏休みに桜が咲く。

…等。

也就是把「換句話說」的句子分門別類，透過替換句的整理，來提高答題正確率。

もんだい4　＿＿＿＿＿のぶんとだいたいおなじいみのぶんがあります。
　　　　　1・2・3・4からいちばんいいものを一つえらんでください。

26 ちょうどでんわをかけようとおもっていたところです。
1　でんわをかけたはずです。
2　ちょうどでんわをかけていたところです。
3　これからでんわをかけるところでした。
4　ちょうどでんわをかけたところです。

27 きのうはなにがつれましたか。
1　きのうはどんなにくがとれましたか。
2　きのうはどんなにやさいがとれましたか。
3　きのうはどんなさかながとれましたか。
4　きのうはどんなくだものがとれましたか。

28 いそいでいたので、くつしたをはかないままいえをでました。
1　いそいでいたので、くつしたをはいてからいえをでました。
2　いそいでいたのに、くつしたをはかずにいえをでました。
3　いそいでいたのに、くつしたをはいたままいえをでました。
4　いそいでいたので、くつしたをぬいでいえをでました。

29 いとうせんせいのせつめいは、ひじょうにていねいではっきりしています。
1　いとうせんせいのせつめいはかんたんです。
2　いとうせんせいのせつめいはわかりやすいです。
3　いとうせんせいのせつめいはふくざつです。
4　いとうせんせいのせつめいはひどいです。

30 <u>きょうはぐあいがわるかったので、えいがにいきませんでした。</u>

1 きょうはべんりがわるかったので、えいがにいきませんでした。

2 きょうはつごうがわるかったので、えいがにいきませんでした。

3 きょうはようじがあったので、えいがにいきませんでした。

4 きょうはたいちょうがわるかったので、えいがにいきませんでした。

這一題要考的是判斷語彙正確用法的問題，這是延續舊制的出題方式，問題預估為5題。

詞彙在句子中怎樣使用才是正確的，是這道題主要的考點。預測名詞、動詞、形容詞、副詞的出題數都有一定的配分。名詞以2個漢字組成的詞彙為主、動詞有漢字跟純粹假名的、副詞就以往經驗來看，也有一定的比重。

針對這一題型，該怎麼準備呢？方法是，平常背詞彙的時候，多看例句，多唸幾遍例句，最好是把單字跟例句一起背。這樣，透過仔細觀察單字在句中的用法與搭配的形容詞、動詞、副詞…等，可以有效增加自己的「日語語感」。而該詞彙是否適合在該句子出現，很容易就感覺出來了。

もんだい5　つぎのことばのつかいかたでいちばんいいものを1・2・3・4から一つえらんでください。

31 ほめる
1　こどもがしゅくだいをわすれたので、ほめました。
2　あのくろいいぬは、ほかのいぬにほめられているようです。
3　わたしのしっぱいですから、そんなにほめないでください。
4　子どもがおてつだいをがんばったので、ほめてあげました。

32 もうすぐ
1　しあいはもうすぐはじまりましたよ。
2　もうすぐおはなみのきせつですね。
3　なつやすみになったので、もうすぐたのしみです。
4　わたしのばんがおわったのでもうすぐほっとしました。

33 ひきだし

1 ひきだしにコートをおいてもいいですよ。

2 ひきだしのうえにテレビとにんぎょうをかざっています。

3 ひきだしからつめたいのみものを出してくれますか。

4 ひきだしにはノートやペンがはいっています。

34 あく

1 ひどいかぜをひいて、すこしあいてしまいました。

2 水曜日のごごなら、時間があいていますよ。

3 テストのてんすうがあまりにあいたので、お母さんにおこられました。

4 朝からなにもたべていませんので、おなかがとてもあいています。

35 まじめに

1 あつい日がつづきますから、おからだどうぞまじめにしてください。

2 それはもうつかいませんから、まじめにかたづければいいですよ。

3 かのじょはしごともべんきょうもまじめにがんばります。

4 あのひとはよくうそをつくので、みんなまじめにはなしをききます。

もんだい1　＿＿＿＿のことばはどうよみますか。1・2・3・4からいち
ばんいいものを一つえらんでください。

1 かいしゃのまわりはちかてつもあり、交通がとてもべんりです。
　　1　こおつ　　　　　2　こうつう　　　　3　こほつう　　　4　こうつ

2 警官に事故のことをいろいろはなしました。
　　1　けいかん　　　　2　けいがん　　　　3　けえかん　　　4　けへかん

3 経済のことなら伊藤さんにうかがってください。かれの専門ですから。
　　1　けえざい　　　　2　けいざい　　　　3　けへざい　　　4　けいさい

4 社長からの贈り物は今夜届くことになっています。
　　1　しゃちょお　　　2　しゃっちょ　　　3　しゃちょう　　　4　しゃちょ

5 ごはんをたべるまえに歯を磨くのが私の習慣です。
　　1　しゅがん　　　　2　しゅうかん　　　3　しゅかん　　　4　しょうかん

6 あには政治や法律をべんきょうしています。
　　1　ほふりつ　　　　2　ほうりつ　　　　3　ほりつ　　　　4　ほおりつ

7 港に着いた時は、もう船がしゅっぱつした後でした。
　　1　ふに　　　　　　2　ふな　　　　　　3　うね　　　　　4　ふね

8 煙草をたくさん吸うと体に良くないですよ。
   1 たはこ　　　　　2 たばこ　　　　3 たはご　　　4 だはこ

9 何が原因で火事が起こったのですか。
   1 げんいん　　　　2 げえいん　　　3 げいいん　　　4 げいん

もんだい2 ＿＿＿のことばはどうかきますか。 1・2・3・4からいち
ばんいいものを一つえらんでください。

10 工場に泥棒がはいって、しゃちょうの<u>さいふ</u>がとられました。
　1　財希　　　　　2　賺布　　　　　3　財布　　　　　4　財巾

11 <u>そぼ</u>が生まれた時代には、エスカレーターはありませんでした。
　1　阻母　　　　　2　租母　　　　　3　姐母　　　　　4　祖母

12 注射をしたら、もう<u>たいいん</u>してもいいそうです。
　1　退院　　　　　2　出院　　　　　3　入院　　　　　4　撤院

13 すずき先生いの<u>こうぎ</u>がきけなかったので、とても残念です。
　1　校義　　　　　2　講儀　　　　　3　講義　　　　　4　講議

14 きょうからタイプを特別に<u>れんしゅう</u>することにしました。
　1　聯習　　　　　2　練習　　　　　3　煉習　　　　　4　連習

15 なつやすみの計画については、あとでお父さんに<u>そうだん</u>します。
　1　相談　　　　　2　想談　　　　　3　想淡　　　　　4　相淡

もんだい3 （　　　）になにをいれますか。1・2・3・4からいち
ばんいいものを一つえらんでください。

16 くちにたくさんごはんがはいっているときに、はなしたら＿＿＿＿ですよ。
1　そう　　　　　　　2　きっと　　　　　3　うん　　　　　4　だめ

17 ずっとまえから、つくえのひきだしが＿＿＿＿＿＿。
1　われています　　　　　　　　　2　こわれています
3　こわしています　　　　　　　　4　とまっています

18 すずきさんは、＿＿＿＿＿＿言わないので、何をかんがえているのかよくわか
りません。
1　もっと　　　　　　　2　はっきり　　　3　さっぱり　　　4　やっぱり

19 いらないなら、＿＿＿＿＿＿ほうがへやがかたづきますよ。
1　もらった　　　　　　2　くれた　　　　3　すてた　　　　4　ひろった

20 かぜをひかないように、寝るときはクーラーを＿＿＿＿＿＿。
1　あけません　　　2　けしません　　　3　やめません　　4　つけません

21 ちょっと＿＿＿＿＿＿がありますので、ごごはおやすみをいただきます。
1　もの　　　　　　　2　おかげ　　　　3　ふべん　　　　4　ようじ

22 あたたかくなってきたので、木にもあたらしい＿＿＿＿＿＿がたくさんはえて
きました。
1　は　　　　　　　　2　つち　　　　　3　くさ　　　　　4　くも

23 えんそくのおべんとうは_____がいいです。

  1　ラジオ　　　　　　　　　　　　　2　サンドイッチ

  3　オートバイ　　　　　　　　　　　4　テキスト

24 _____かいぎしつにはいっていったのは、いとうさんですか。

  1　このごろ　　　　2　あとは　　　　3　さっき　　　　4　これから

25 そんなにおこって_____いないで、たのしいことをかんがえましょうよ。

  1　まま　　　　　　2　だけ　　　　　3　おかげ　　　　4　ばかり

もんだい４　＿＿＿＿のぶんとだいたいおなじいみのぶんがあります。
　　　　１・２・３・４からいちばんいいものを一つえらんでください。

26　こうこうせいのあには、アルバイトをしています。
　1　あには何もしごとをしていません。
　2　あにはかいしゃいんです。
　3　あにはときどきしごとに行きます。
　4　あには、まいにち朝から夜まではたらいています。

27　わたしがるすの時に、だれか来たようです。
　1　わたしが家にいない間に、だれか来たようです。
　2　わたしが家にいる時、だれか来たようです。
　3　わたしが家にいた時、だれか来たようです。
　4　わたしが家にいる間に、だれか来たようです。

28　ほうりつとぶんがく、りょうほう勉強することにしました。
　1　ほうりつとぶんがく、どちらも勉強しないことにしました。
　2　ほうりつかぶんがくを勉強することにしました。
　3　ほうりつとぶんがくのどちらかを勉強することにしました。
　4　ほうりつとぶんがく、どちらも勉強することにしました。

29　だいがくの友達からプレゼントがとどきました。
　1　だいがくの友達はプレゼントをうけとりました。
　2　だいがくの友達がプレゼントをおくってくれました。
　3　だいがくの友達へプレゼントをおくりました。
　4　だいがくの友達にプレゼントをあげました。

30 しらせをうけて、母はとてもよろこんでいます。

　　1　しらせをうけて、母はとてもさわいでいます。

　　2　しらせをうけて、母はとてもおどろいています。

　　3　しらせをうけて、母はとてもびっくりしています。

　　4　しらせをうけて、母はとてもうれしがっています。

もんだい5　つぎのことばのつかいかたでいちばんいいものを１・２・
　　　　　３・４から一つえらんでください。

31　ふくしゅうする
　１　２ねんせいがおわるまえに、３ねんせいでならうことを<u>ふくしゅうします</u>。
　２　今日ならったことは、家にかえって、すぐ<u>ふくしゅうします</u>。
　３　らいしゅうべんきょうすることを<u>ふくしゅうしておきます</u>。
　４　あした、がっこうであたらしいぶんぽうを<u>ふくしゅうします</u>。

32　なかなか
　１　10ねんかかったじっけんが、ことし<u>なかなか</u>せいこうしました。
　２　そらもくらくなってきたので、<u>なかなか</u>かえりましょうよ。
　３　いとうさんなら、もう<u>なかなか</u>かえりましたよ。
　４　いそがしくて、<u>なかなか</u>おはなしするきかいがありません。

33　かみ
　１　なつになったので、<u>かみ</u>をきろうとおもいます。
　２　ごはんをたべたあとは、<u>かみ</u>をきれいにみがきます。
　３　ちいさいごみが<u>かみ</u>にはいって、かゆいです。
　４　がっこうへ行くときにけがをしました。<u>かみ</u>がいたいです。

34　おく
　１　かぜをひいて、ねつが40<u>おく</u>ちかくまででました。
　２　えきのとなりのデパートをたてるのに３<u>おく</u>かかったそうですよ。
　３　わたしのきゅうりょうは、1カ月だいたい30<u>おく</u>あります。
　４　さかなやでおいしそうなイカを３<u>おく</u>かいました。

35 ひろう

1 もえないごみは、かようびのあさに<u>ひろいます</u>。

2 すずきさんがかわいいギターをわたしに<u>ひろってくれました</u>。

3 がっこうへいくとちゅうで、500えん<u>ひろいました</u>。

4 いらなくなったほんは、ともだちに<u>ひろう</u>ことになっています。

もんだい１　＿＿＿＿のことばはどうよみますか。１・２・３・４からい
　　　　ちばんいいものを一つえらんでください。

1 　わからなかったところをいまから復習します。
　　1　ふくしょう　　　2　ふくしゅう　　　3　ふくしゅ　　　4　ふくしょお

2 　おおきな音に驚いて、いぬがはしっていきました。
　　1　おとろいて　　　2　おどろいて　　　3　おどるいて　　4　おどらいて

3 　ベルがなって電車が動きだしました。
　　1　うごき　　　　　2　ゆごき　　　　　3　うこき　　　　　4　うこぎ

4 　再来週、柔道の試合がありますから頑張ってれんしゅうします。
　　1　さいらいしゅ　　　　　　　　　2　さえらいしゅう
　　3　さらいしゅう　　　　　　　　　4　さらいしょう

5 　祖父は昔、しんぶんしゃではたらいていました。
　　1　そひ　　　　　　2　そふ　　　　　3　そぼ　　　　　4　そふぼ

6 　世界のいろんなところで戦争があります。
　　1　せんそ　　　　　2　せんぞう　　　　3　せんそお　　　4　せんそう

7 　母はとなりのお寺の木をたいせつに育てています。
　　1　そたてて　　　　2　そだてて　　　　3　そうだてて　　4　そったてて

8 かいしゃの事務所に泥棒が入ったそうです。

　　1　どろほう　　　　2　どろぼ　　　　　3　どろぽう　　　4　どろぼう

9 いとうさんは非常に熱心に発音のれんしゅうをしています。

　　1　ひっじょう　　　2　ひじょ　　　　　3　ひじょう　　　4　ひしょう

もんだい2　＿＿＿＿のことばはどうかきますか。1・2・3・4からいちばんいいものを一つえらんでください。

10　かれはしんせつだし、優しい、しクラスのにんきものです。
1　新切　　　　　　2　真切　　　　　　3　親窃　　　　　4　親切

11　台風のせいで、水道もでんきもとまってしまいました。
1　電機　　　　　　2　電気　　　　　　3　電池　　　　　4　電器

12　しょうらい、法律にかんする仕事をしたいとおもっています。
1　将來　　　　　　2　将来　　　　　　3　未来　　　　　4　蒋来

13　この問題ちょっとふくざつですから、みなでかんがえましょう。
1　複雑　　　　　　2　复雑　　　　　　3　複雑　　　　　4　復雑

14　おおきな地震が起きて、たくさんの家がこわれました。
1　割れました　　　2　壊れました　　　3　崩れました　　4　破れました

15　海岸のちかくはきけんですから、一人でいってはいけませんよ。
1　危剣　　　　　　2　危険　　　　　　3　危倹　　　　　4　棄験

もんだい3 （　　　）になにをいれますか。1・2・3・4からいちば んいいものを一つえらんでください。

16 ふるいじしょですが、つかいやすいし、とても＿＿＿＿。
1 だします　　　　　　　　　2 やくにたちます
3 みつかります　　　　　　　4 ひらきます

17 はるになると、あのこんえんにはきれいなはながたくさん＿＿＿＿。
1 のびます　　　2 でます　　　3 さきます　　　4 あきます

18 このいしは、せかいにひとつしかないとても＿＿＿＿ものです。
1 ほそい　　　　2 めずらしい　　3 うれしい　　　4 ほしい

19 15＿＿＿＿3は5です。
1 たす　　　　　2 ひく　　　　3 かける　　　　4 わる

20 こたえがわかるひとは、てを＿＿＿＿くださいね。
1 あけて　　　　2 たって　　　3 たてて　　　　4 あげて

21 あそこでたのしそうに＿＿＿＿のが、わたしのおにいちゃんです。
1 はしっている　　2 おこっている　3 しっている　　4 わかっている

22 おいしゃさんに、らいしゅうには＿＿＿＿できるといわれました。
1 たいいん　　　2 そつぎょう　　3 ていいん　　　4 にゅうがく

23 いもうとのけっこんしきには、＿＿＿＿＿をきていくつもりです。

1　もめん　　　　　2　くつした　　　3　きもの　　　　4　ぼうし

24 ＿＿＿＿＿のじゅぎょうでは、よくじっけんをします。

1　ぶんがく　　　　2　ほうりつ　　　3　けいざい　　　4　かがく

25 ぼくの＿＿＿＿＿は、しゃちょうになることです。

1　ほし　　　　　　2　ゆめ　　　　　3　そら　　　　　4　つき

もんだい4　_____のぶんとだいたいおなじいみのぶんがあります。1・2・3・4からいちばんいいものを一つえらんでください。

26　いもうとは、むかしから体がよわいです。
　1　いもうとはむかしから、とても元気です。
　2　いもうとはむかしから、ほとんどかぜをひきません。
　3　いもうとはむかしから、よくびょうきをします。
　4　いもうとはむかしから、ほとんどびょういんへ行きません。

27　もうおそいですから、そろそろしつれいします。
　1　もうおそいですから、そろそろ寄ります。
　2　もうおそいですから、そろそろむかえに行きます。
　3　もうおそいですから、そろそろ来ます。
　4　もうおそいですから、そろそろ帰ります。

28　ぶたにくいがいは、何でもすきです。
　1　どんなにくも、すきです。
　2　ぶたにくだけ、すきです。
　3　ぶたにくだけはすきではありません。
　4　ぶたにくもほかのにくも何でもすきです。

29　木のしたに、ちいさなむしがいました。
　1　木のしたで、ちいさなむしをみつけました。
　2　木のしたで、ちいさなむしをけんぶつしました。
　3　木のしたで、ちいさなむしをひろいました。
　4　木のしたに、ちいさなむしをおきました。

30 だいたいみっかおきに、家に電話をかけます。

1 だいたい毎月みっかごろに、家に電話をかけます。

2 だいたい１週間に２かい、家に電話をかけます。

3 だいたい１日に２、３かい、家に電話をかけます。

4 だいたい３時ごろに、家に電話をかけます。

もんだい 5　つぎのことばのつかいかたでいちばんいいものを 1・2・3・
　　　　　　 4から一つえらんでください。

31 へん

1 テレビのちょうしがちょっと<u>へん</u>です。

2 くすりをのんでから、ずいぶん<u>へん</u>になりました。よかったです。

3 このふくは<u>へん</u>で、つかいやすいです。

4 すずきさんはいつもとても<u>へん</u>にいます。

32 たおれる

1 ラジオが雨にぬれて<u>たおれて</u>しまいました。

2 コップがテーブルから<u>たおれました</u>。

3 今日はみちが<u>たおれ</u>やすいので、気をつけてね。

4 だいがくのよこの大きな木が、かぜで<u>たおれました</u>。

33 きっと

1 太郎くんが<u>きっと</u>てつだってくれたので、もうできました。

2 4年間がんばって、<u>きっと</u>だいがくにごうかくしました。

3 私のきもちは<u>きっと</u>きめてあります。

4 <u>きっと</u>だいじょうぶだから、そんなにしんぱいしないで。

34 ねだん

1 がいこくでは、おみせの人にすこし<u>ねだん</u>をあげるそうです。

2 こまかい<u>ねだん</u>は、こちらのさいふに入れています。

3 がんばってはたらいても、１カ月の<u>ねだん</u>は少ないです。

4 気にいりましたので、<u>ねだん</u>がたかくてもかおうと思います。

35 しょうたいする

1 らいげつのしけんに<u>しょうたいして</u>ください。

2 じょうしから、あすのかいぎに<u>しょうたいされました</u>。

3 だいがくのともだちをけっこんしきに<u>しょうたいする</u>つもりです。

4 ちょっとこっちにきて、このさくひんを<u>しょうたいなさい</u>ませんか。

新制日檢模擬考試解答

第一回

問題 1

| 1 | 3 | | 2 | 4 | | 3 | 4 | | 4 | 3 | | 5 | 1 |
| 6 | 1 | | 7 | 3 | | 8 | 3 | | 9 | 2 | | | |

問題 2

| 10 | 2 | | 11 | 2 | | 12 | 3 | | 13 | 2 | | 14 | 3 |
| 15 | 1 | | | | | | | | | | | | |

問題3

| 16 | 1 | | 17 | 3 | | 18 | 4 | | 19 | 3 | | 20 | 4 |
| 21 | 4 | | 22 | 3 | | 23 | 2 | | 24 | 3 | | 25 | 1 |

問題4

| 26 | 3 | | 27 | 3 | | 28 | 2 | | 29 | 2 | | 30 | 4 |

問題5

| 31 | 4 | | 32 | 2 | | 33 | 4 | | 34 | 2 | | 35 | 3 |

問題 1

| 1 | 2 | | 2 | 1 | | 3 | 2 | | 4 | 3 | | 5 | 2 |
| 6 | 2 | | 7 | 4 | | 8 | 2 | | 9 | 1 | | | |

問題 2

| 10 | 3 | 11 | 4 | 12 | 1 | 13 | 3 | 14 | 2 |

| 15 | 1 |

問題3

| 16 | 4 | 17 | 2 | 18 | 2 | 19 | 3 | 20 | 4 |

| 21 | 4 | 22 | 1 | 23 | 2 | 24 | 3 | 25 | 4 |

問題4

| 26 | 3 | 27 | 1 | 28 | 4 | 29 | 2 | 30 | 4 |

問題5

| 31 | 2 | 32 | 4 | 33 | 1 | 34 | 2 | 35 | 3 |

第三回

問題 1

| 1 | 2 | 2 | 2 | 3 | 1 | 4 | 3 | 5 | 2 |

| 6 | 4 | 7 | 2 | 8 | 4 | 9 | 3 |

問題 2

| 10 | 4 | 11 | 2 | 12 | 2 | 13 | 1 | 14 | 2 |

| 15 | 2 |

問題3

| 16 | 2 | 17 | 3 | 18 | 2 | 19 | 4 | 20 | 4 |
| 21 | 1 | 22 | 1 | 23 | 3 | 24 | 4 | 25 | 2 |

問題4

| 26 | 3 | 27 | 4 | 28 | 3 | 29 | 1 | 30 | 2 |

問題5

| 31 | 1 | 32 | 4 | 33 | 4 | 34 | 4 | 35 | 3 |

模擬試題 **錯題糾錯＋解題攻略筆記！**

錯題＆錯解

正解＆解析

參考資料

絕對合格
日檢必考單字

索　引
Japanese Index

N4

新制對應！

索引

213

索引

模擬試題 **錯題糾錯＋解題攻略筆記！**

錯題＆錯解

正解＆解析

參考資料

【實用日語 17】

單字隨手來
日語秀場
日本朋友驚呼
你也 太厲害了 吧！
N4單字趣學，讓你妙語如珠！

山田社

25K+   線上音檔

■ 發行人／ 林德勝

■ 著者／ 吉松由美、林勝田 著

■ 出版發行／ 山田社文化事業有限公司
地址 臺北市大安區安和路一段112巷17號7樓
電話 02-2755-7622　02-2755-7628
傳真 02-2700-1887

■ 郵政劃撥／ 19867160號　大原文化事業有限公司

■ 總經銷／ 聯合發行股份有限公司
地址 新北市新店區寶橋路235巷6弄6號2樓
電話 02-2917-8022
傳真 02-2915-6275

■ 印刷／ 上鎰數位科技印刷有限公司

■ 法律顧問／ 林長振法律事務所　林長振律師

■ 書＋QR碼／ 定價　新台幣 349元

■ 初版／ 2024年 11月

© ISBN：978-986-246-864-7
2024, Shan Tian She Culture Co. , Ltd.